인생이라는
축제

인생이라는 축제

김승국 지음

1판 1쇄 발행 | 2019. 8. 25

발행처 | **Human & Books**
발행인 | 하응백
출판등록 | 2002년 6월 5일 제2002-113호
서울특별시 종로구 삼일대로 457 1009호(경운동, 수운회관)
기획 홍보부 | 02-6327-3535, 편집부 | 02-6327-3537, 팩시밀리 | 02-6327-5353
이메일 | hbooks@empas.com

ISBN 978-89-6078-707-0 03800

인생이라는 축제

김승국 지음

Human & Books

II.

문화의 현장에서

Ⅲ.

전통예술의 향기

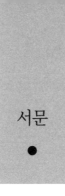

서문

　사람 사는 세상은 하나의 산과 같다. 산에는 나무와 풀, 큰 나무와 작은 나무, 가시나무와 줄기나무, 갖가지 새들과 짐승들, 그리고 곤충들, 큰 바위와 작은 바위, 그리고 갖가지 돌들, 그리고 샘과 시냇물이 어우러져 큰 산을 이룬다. 나무는 풀에게 "왜 너는 풀이니?"라고 묻지 않고, 풀은 나무에게 "왜 너는 나무냐?"고 따지지 않고 함께 어우러져 산다. 새나 짐승도 서로에게 "왜 너는 그렇게 태어났느냐?"고 따지지 않고 어우러져 함께 산다.

　사람 사는 세상도 그렇다. 키 큰 사람, 작은 사람, 잘난 사람과 못난 사람, 남자와 여자, 성격 좋은 사람과 그렇지 못한 사람, 순한 사람과 모진 사람이 함께 어우러져 세상을 이룬다.

　키 작은 사람에게 "당신은 왜 그렇게 작으냐?"고 따진들 그의 키가 커지는 것은 아니다. 마음의 용량이 작게 태어난 사람에게 마음의 용량을 키우라고 한들 마음의 용량이 커지는 것이 아니기에 있는 그대로 인정해 주는 것이 지혜로운 일일 것이다. 그래야 세상이 평화로워진다. 그러나 각자의 역할은 따로 있다. 요즘 들어서 나의 역할에 대해 많이 생각한다. 나이가 든 탓일 것이다. 나의 과거는 돌이켜보면 파란만장했다. 마치 영화 한편을 보는 것 같다. 오랜 세월 문화예술계에서 일하다 보니 거쳐야 할 역할은 대부분 다 거친 것 같다. 고등학교 습작기부터 시(詩)를 쓰기 시작하여 문단 등단을 거쳐 지금까지도 시를 쓰고 있다. 20대에는 한때 연극을 한답시고 동분서주한 적도 있었다.

본격적인 문화예술계 활동은 70년대 국내 최고의 품격을 자랑하는 예술·건축 종합잡지 '공간(空間)'의 기자 생활부터로 볼 수 있다. 2년간의 짧은 기자 생활이었지만 '공간'에서 축적된 지식과 경험은 내가 예술계에서 활동하는데 밑바탕이 되었던 것 같다. 내가 '공간'에서 일하던 시절에 그곳 지하 소극장 '공간사랑'에서 '김덕수 사물놀이'와 공옥진의 '병신춤'이 만들어졌다. 그리고 오태석의 1인극 '약장수'가 만들어지고 우리 현대무용의 기반이 그곳에서 만들어졌다. 오늘날 문화기획자의 대부로 알려진 고 강준혁 선생도 당시 나와 함께 '공간'에서 일했다.

그후 모 예술고등학교에서 교편생활을 시작하여 적지 않은 세월 동안 훈장 노릇을 하였는데, 그것이 인연이 되어 주 전공이 영어영문학에서 국악이론과 예술경영으로 바뀌게 되어 지금도 그 분야에서 전문가 행세를 하고 있다. 교직 생활을 그만 둔 뒤 '(사)전통공연예술연구소'를 창설하여 중앙정부나 지역의 굵직굵직한 각종 연구용역 사업을 맡아 수행하였고 공연사업을 맡아 주관했다.

그후 지역 문화재단이나 문예회관의 CEO로도 일했고, 문화부 산하 공공기관 대표도 거쳤다. 문화예술 관련 대학이나 대학원에서 겸임교수로 전통연희론, 민속학 개론, 예술경영, 예술행정, 문화콘텐츠 등 여러 강좌를 맡아 강의도 했고, 정부의 전통예술 진흥정책 수립에도 참여했다.

국악 분야에서 많은 연구를 하였기에 무형문화재위원으로서 무형문화재 종목 발굴이나 종목지정, 그리고 예능보유자 인정 일을 지금도 하고 있다. 또한 국가주도의 축제뿐만 아니라 지역 축제의 산파역을 맡기도 했고, 직접 예술 감독을 맡아 축제를 여럿 주도했다. 웬만한 일은 다 거친 셈이다. 이제 또다시 어떤 중책을 맡아보겠다고 나선다면 노욕(老欲)으로 비춰질 수 있으니 경계해야 할 때인 듯하다.

이제는 내가 새로운 무엇을 맡기 위해 나서기보다 후배들이 중책을 맡을 수 있도록 도와주고, 그 일을 성공적으로 수행할 수 있도록 도움을 주는 것이 나에게 어울릴 것이며 옳은 일일 것이다. 더 나아가

대학을 졸업해 나오는 문화예술 관련 젊은이들의 일자리 창출에 앞장서고, 인성이 제대로 갖추어져 있는 인재라면 그들이 두 발로 우뚝 설 수 있도록 조력하며 살고자 한다. 그리고 그간 내가 축적한 경험과 지식을 아낌없이 젊은이들과 공유하는 일에 무게중심을 두며 살려고 한다.

나의 오랜 경험 속에 체득한 지식과 생각이 담긴 이 책이, 비록 나와 연배가 서로 다를지라도, 동시대를 살아가는 사람들과 공유하며 함께 거닐 수 있는 뜨락이 되기를 바란다.

2019년 8월 신내동에서

김승국

I

살며 생각하며

길상사와 시인 백석(白石)

나는 마음이 심란하거나, 어떤 중요한 일을 앞두고 마음을 추스르고 싶을 때는 서울 성북동에 자리 잡은 길상사(吉祥寺)를 즐겨 찾는다. 길상사 하면 떠오르는 분은 그곳에서 법회를 주관하는 법주(法主)를 하셨던 법정스님(1932~2010)이다. 스님은 그곳에 머무르시며 청빈의 도와 맑고 향기로운 삶을 몸소 실천하다 떠나신 분이다. 스님께서는 '내 것이라 하는 것이 남아 있다면 모두 맑고 향기로운 사회를 구현하는 활동에 사용해 달라'고 유언을 남기실 정도로 평생 '무소유'의 사상을 실천에 옮기셨다.

스님께서 말씀하시는 '무소유'란 아무 것도 가지지 말라는 뜻이 아니라 최소한의 것만 가지고 살라는 뜻일 것이다. 비록 나는 불자는 아

니지만 길상사에 가면 법정스님의 '무소유' 사상을 떠올리며 마음을
비우고 자세를 정갈히 할 수 있어 좋다. 이런 스님의 고매한 체취를
느끼며 길상사의 뜨락을 거니는 것은 참으로 고적하고 맑고 향기로운
시간이다.

2010년 3월 11일, 법정 스님께서 열반에 드셨다는 소식을 들었을
때 참 비통한 마음이 들었지만 말씀과 행동이 일치된 삶을 살다 가신
스님을 보내드리며 내 마음을 다해 '청향(淸香)'이라는 시(詩) 한 수를
써서 올렸다.

'금빛 노을 내리는 외로운 길/석양 향해 걸어가는 님/돌아보며 손
을 흔드네/잘 있으라 손을 흔드네/내 여기 오지 않았는데/어찌 떠나
갔다 하겠는가/내 여기 있지 않았는데/어찌 떠나갔다 하겠는가/빈손
으로 떠나가는 님/맑고 향기로운 님/짐 지지 말고 가벼이 살라하네/
가지지 말고 가벼이 살라하네/인생은 흘러가는 구름이거니/공수래
공수거 이것이 인생이라'

시인(詩人) 윤동주가 가장 존경했던 시인은 독일의 릴케와 백석과
정지용이다. 윤동주의 시는 이 세 사람에게서 영향 받은 바가 크다.
길상사에 가면 법정스님 외에 시인 윤동주가 가장 존경하였던 시인
백석(1912~1996)과 그의 연인 '자야'(1916~1999)의 애달픈 사랑을

느낄 수 있어 좋다. 백석은 일제강점기 때 조선일보 기자를 그만두고 잠시 함흥 영생고보의 영어교사로 재직하고 있을 때 당시 함흥권번의 기녀였던 '진향'을 만나 사랑을 하게 된다. '자야'는 시인 백석이 그의 연인 '진향'(본명 김영한)을 애칭으로 부르던 이름이다. 8·15 해방 후 백석은 '자야'를 찾기 위하여 함흥을 찾아가지만 자야는 이미 서울로 떠난 뒤였고 그 후 6·25 전쟁이 터진 탓에 그들은 남과 북으로 헤어져 살게 되어 둘의 사랑도 끝이 났다.

길상사는 예전 고급요정이었던 '대원각' 자리에 세워진 사찰이다. 김영한(법명 : 길상화)은 백석과 이별한 후, 홀로 지내면서 돈을 모아 요정을 운영하게 되는데 그 요정이 바로 대원각이다. 홀로 지내던 그녀는 1987년 법정 스님의 '무소유'를 접하고 깊은 감동을 받게 된다. 그녀는 당시 시가 1,000억 원을 호가하던 대지와 건물을 법정스님에게 시주할 뜻을 밝힌다. 그러나 그 뜻이 스님으로부터 선뜻 받아들여지지 않고 있다가 1995년에 마침내 그 뜻이 받아들여져 대법사로 등록하였다가 1997년에 길상사라는 현 이름으로 개원하였다.

길상사 경내에 자리 잡고 있는 공덕주 김영한의 공적비 가까이에 '가난한 내가/아름다운 나타샤를 사랑해서/오늘밤은 푹푹 눈이 나린다'로 시작하는, 백석이 그녀를 그리며 써내려간 연시(戀詩) '나와 나타샤와 흰 당나귀'의 시비(詩碑)가 세워져 있다. 평생을 홀로 살며 백석을 그리워하던 김영한과 그의 연인 백석과의 서글픈 사랑의 흔적을 느끼게 한다.

김영한이 생전에 "내 모든 재산이 백석의 시 한 줄만 못 해"라고 말한 것을 보더라도 백석에 대한 그녀의 깊은 존경심과 사랑을 엿볼 수 있다. 길상사 뜨락을 거닐며 두 사람의 사랑과 백석의 시를 떠올리며 때묻은 나의 삶을 더욱 순수하게 다듬어 볼 수 있어 좋다.

사랑도 봄, 여름, 가을, 겨울이 있다

    대자연의 섭리는 참으로 오묘하고 경외롭다. 아침에 태양이 떠올라 중천에 떠 있다가도 저녁엔 다시 지고 다음날 어김없이 해는 다시 떠오른다. 우주 저편 머나먼 곳에 있는 태양이 그 얼마나 뜨겁기에 한여름에 우리 인간들을 더위로 절절매게 할까. 거대한 동물부터 육안으로는 보이지도 않는 아주 작은 세균까지 각각 다른 모습으로 주어진 삶의 패턴대로 태어나 살다가 죽는다. 어떤 생물들은 아름다운 모습으로 살다가고, 또 어떤 생물들은 흉측한 모습으로 살다 떠난다. 봄이 오면 꽃이 피고, 봄이 가면 여름이 오고, 여름이 오면 가지가 무성하고, 풍성한 여름이 가면 가을이 오고, 가을이 깊어지면 나무는 낙엽을 떨구고 겨울을 맞는다. 끝이 없을 것 같이 맹위를 떨치는 길고 긴 겨울도 시간이 지나면 꽃피고 새가 우는 봄에게 그 자리를 양보한다. 참 절묘하고 경외로운 자연의 섭리이다.

대학을 다닐 때였다. 우리들에게 영어회화를 가르친 미국인 강사가 있었다. 그와 우리 학과 학생들과 함께 자유로운 대화의 시간을 가진 적이 있었는데 나는 그에게 사랑을 언제 해보았는지 물어 보았다. 그런데 그는 뜻밖의 대답을 하였다. 몇 살 때 사랑을 묻는 거냐고. 사랑은 단 한 번밖에 없는 건데 몇 살 때 사랑이라니. 뭐 이런 사람이 다 있어? '코백이'들은 다 이런 건가 하고 속으로 내심 불쾌하게 생각했다. 나는 당시 이성과의 사랑은 평생에 단 한 번 뿐이고 영원한 것이라고 믿었다.

그런데 살면서 알게 되었다. 첫 사랑이 끝나면 다음 사랑이 오고, 그 사랑이 가면 또 다른 사랑이 온다는 것을. 상처받은 사랑은 다시 시작한 사랑에 의해 치유되는 것임을 알게 되었다. 마치 산 앞에 서면 그 산만 보이지만 그 산을 넘으면 또 하나의 산을 만나고 그 산을 넘으면 강물을 만나고 강을 건너 들판을 걸어가다 보면 또 하나의 산을 만나는 것처럼. 온 마음을 다하여 사랑을 바친 사람으로부터 배신을 당하거나 더이상 사랑할 수 없는 상황에 처하게 되면 죽음까지도 생각할 정도로 마음의 상처를 받게 되지만 새로 시작된 사랑에 의하여 사랑의 상처도 치유될 수 있다는 것을 한 참 뒤에야 알게 되었다. 상처 난 사랑은 또 다른 사랑에 의해 치유된다는 것을. 사람과 사람과의 관계가 영원한 것이 아님을 알게 되었다.

계절에 봄, 여름, 가을, 겨울이 있듯이, 사랑도, 인간관계도 봄, 여름, 가을, 겨울이 있다. 올 여름은 유난히 덥다. 끝이 없을 것만 같은 이 지루한 폭염의 여름도 머지 않아 막을 내리게 될 것이고 가을이 올 것이다.

음식 앞에서 감사해라

6·25 전쟁으로 폐허가 되었던 우리나라가 이제는 세계 경제대국의 대열에 서게 되었다. 한때는 대부분의 국민들이 굶주림 속에 힘겨웠던 시절도 있었다. 식사의 맛을 따지기 보다는 맛이 있든 없든 배불리 먹는 것이 소원이었던 시절이 있었다. 이제는 미식가들이 불원천리하고 '맛집'을 찾아다니는 시대가 되었고, 방송도 '먹방' 시대가 되었으며 밥걱정을 하는 가정을 찾아보기 어려운 시대가 되었다. 이제는 '빵의 복지'인 사회복지 시대에서 '삶의 질의 복지'인 문화복지 시대로 접어들었다.

그럼에도 불구하고 이 땅 위에는 가난으로 밥 굶는 사람들이 아직도 있다. 또한 이 지구 위에는 식사를 제대로 하지 못해 굶주림 속에 죽어가는 이들이 너무도 많다. 그런 사람들을 생각하면 음식이 맛이 있니 없니, 짜니 싱거우니, 매우니 다니 식탁 앞에서 음식타박을 하는 것은 다시 생각해봐야 할 일이다.

자랑 같지만 나는 수십 년간의 결혼 생활에서 단 한 번도 음식타박을 해본 적이 없다. 그래서인지 나의 아내는 음식 만드는 기술이 뛰어나지 못하다. 나는 주는 대로 먹는다. 다시 말해 음식 앞에서 늘 감사해 한다.

음식 하면 잊히지 않는 일이 있다. 주경야독을 하던 대학 신입생 시절이었던 것으로 기억된다. 나는 당시 판잣집으로 가득한 가난한 산동네에서 자취생활을 하고 있었다. 그때 강원도 오지 출신으로 서울에 유학을 온 대학 후배가 인근에 살고 있었는데 그 역시 지독히 가난하여 철공소에서 아르바이트 일을 하며 대학에 다니고 있었다. 그가 하는 일은 철판을 자르는 선반기계 작업인데 하루는 실수로 손가락을 크게 다치고도 돈이 없어 병원에 가지 못하고 손가락에 붕대를 칭칭 감고 다니는 것이 내 눈에 띄었다. 나 역시 가난한 처지였지만 그 후배를 병원으로 데리고 가 수술을 받도록 해주었다.

그 일이 있은 후 시간이 좀 흘렀는데 하루는 그 후배가 자신이 다니고 있는 개척교회 목사님 부부께서 감사의 뜻으로 나에게 식사 초대를 하고 싶어 하신다고 전해왔다. 사양을 거듭하였지만 너무 사양을 하는 것도 후배에게 섭섭한 마음이 들게 할 수 있다는 생각이 들어 식사초대에 응하였다. 늘 굶주림 속에 지내던 터라 기대를 한껏 하고 갔다. 목사님 사모님께서 정성스레 준비하신 생선국과 밥이 식탁 위에 차려졌다. 생선국 안에 통통한 생선 토막들이 가득할 것으로 기대를 했지만 아무리 숟가락을 휘저어도 생선 머리와 꼬리만 잡힐 뿐이었다. 그래도 늘 굶주림 속에 지내던 나였기에 국과 밥을 깨끗이 비웠다. 그러면서도 내심으론 식사 초대를 해 놓고 생선 토막 하나 없는 생선국을 준비해 주신 목사님 부부에게 좀 섭섭한 마음이 들었다.

　나중에 들은 이야기이지만 그 개척교회 목사님 부부도 나못지 않게 가난하셨단다. 그래서 사모님께서 생선을 살 돈은 없고, 고마운 분에게 식사대접은 해야 되겠고 해서 고민 끝에 동네 재래시장 생선가게 주인에게 부탁을 해서 생선손질을 하고 버리는 생선머리와 꼬리를 받아다가 깨끗이 손질을 하여 나에게 음식대접을 하셨다는 것이었다. 나에게 제공된 음식은 정성으로 마련된 식사였던 것이다. 속으로 잠시나마 섭섭한 마음을 가졌던 자신이 부끄러워졌다. 평소 음식타박을 하지 않는 나이지만 그 일이 있은 후 더욱 음식타박을 하지 않는 사람이 되었다.

성장기에 지독히 가난했기에 나는 늘 굶주림 속에 살았다. 굶지 않고 살아갈 수 있는 나의 지금의 환경이 고맙다. 가난으로 밥 굶는 사람이 아직도 많다. 음식 가려 먹지 말고, 음식 앞에서 감사하자고 거듭 다짐해 본다.

옛날엔 얼음 밥도 감지덕지 먹은 나다

살다보면 늘 역경과 마주친다. 그러나 나는 환경이 갑자기 나빠져도 별로 걱정을 하지 않는 편이다. 원래 낙천적인 성격 탓도 있겠지만 지금까지 살아오며 갖은 역경을 헤쳐 온 내공이 커서일 것이다. 나는 청소년기에 워낙 환경이 좋지 않았던지라 아무리 역경이 닥친다하더라도 그때보다 더 못해질 수 있겠느냐는 자신감이 내 마음 속 깊숙이 자리 잡고 있다.

청소년기에 잘 집이 없어 공원 벤치에서 잠을 잔 날이 부지기수였고, 난로가 꺼진 몇 십 원짜리 독서실에서 의자를 펴놓고 그 위에서 추위에 떨며 잠을 잔 날도 많았다. 밤새 추위에 떨며 자다 새벽에 약수터로 달려가 차가운 물로 배를 채운 날도 많았다. 배가 고파 용산의 남영동 철길 밑 지하도 좌판에서 용산 미군부대에서 나온 잔반(殘飯)을 모아 끓여서 만들어 팔았던 몇십 원짜리 '꿀꿀이죽'을 사먹으며 허기를 달랜 날도 많았다. 심지어 차가운 자취방에서 꽁꽁 얼어붙은 얼음밥을 깨먹으며 허기를 달랜 날도 많았다.

그래서 역경이 닥친다 해도 또한 아무리 상황이 나빠진다 해도 그 때보다 못해지겠냐는 오기가 발동한다. 역경이 닥칠 때마다 나는 속 말로 자신을 달랜다. "상황이 나빠지더라도 걱정하지 마라. 옛날 그때보다 더 나빠지겠는가? 옛날엔 얼음밥도 감지덕지 먹은 나다."

상대방은 그냥 내게 오지 않는다

나의 유년 시절은 보잘 것 없었다. 환경면이나 경제적으로 보잘 것 없는 정도를 넘어서 최악의 상태였다. 청소년 시절도 그러했다. 마땅히 머무르거나 잘 곳이 없어 거리를 헤매다닌 날이 부지기수였다. 청장년이 되어 직장을 잡고 결혼을 한 후에는 형편이 조금 나아졌으나 그리 내세울만한 것은 아니었다.

그러나 40대 후반에 접어들어 나의 인생에 전환점이 왔다. 나의 영원한 멘토 홍윤식 박사님을 만났던 것이다. 홍윤식 박사님은 동국대학교 명예교수로서 불교민속학회 회장, 한국전통예술학회 회장, 동국대학교 문화예술대학원장, 동국대학교 일본학연구소 소장, 일본 규슈대학 특임교수, 한국정토학회 회장 등을 역임하신 명망 높은 학계의 원로이시다. 이런 훌륭한 경륜과 학식을 갖춘 홍윤식 박사님과 인연을 맺게 된 것은 행운이 아닐 수 없었다. 홍 박사님과 인연을 맺게 된 것은 내가 모 예술고등학교 교감으로 재직하고 있을 때, 박사님께서 대학을 정년퇴임하시고 교장으로 부임하시면서 시작되었다. 훗날 박사님은 나의 대학원 논문지도 교수도 해주셨다.

홍 박사님께서 지금까지 내게 취직을 시켜 주시거나, 승진을 하는 데 결정적인 역할을 해주신 일은 없다. 그러나 내가 진로 문제로 마음이 흔들릴 때, 좌절의 늪에 빠져 허우적거릴 때마다, 나에게 용기를 북돋아 주시며 나아가야 할 방향을 제시해주셨다. 아버님 사랑을 받지 못하고 자란 나에게 아버님 같은 사랑의 마음을 따뜻하게 베풀어주신 것이다. 그리고 학자로서, 전문가로서 갖추어야 할 덕목들에 대해서도 일깨워주셨다. 사표가 될 만한 학계 및 예술계, 그리고 사회지도자분들과 만나실 때는 꼭 나를 대동하는 것을 잊지 않으셨다.

내가 홍 박사님과 결정적으로 가까워지게 된 것은 홍 박사님과의 만남이 시작된 지 1년쯤 후였다. 숨기고 싶었던 내 청소년기 가정사 이야기를 어느 날 우연히 홍 박사님께 모두 털어 놓았다. 홍 박사님께서는 아무 말씀 없이 내 말을 모두 들으신 후에 당신께서도 그런 일이 있었다고 털어 놓으시며 당신의 마음을 내게 열어주셨다. 나는 그때 새로운 사람과의 진정한 인간관계가 맺어지기 위해서는 자신이 먼저 마음을 열고 진정성 있게 상대방에게 다가가야 하며, 그럴 때 상대방도 마음을 열어 준다는 것을 알게 되었다.

그 후에는 어떠한 사람을 만나더라도 먼저 마음을 열고 상대방에게 진정성 있게 다가갔다. 그 후로 나는 그러한 마음의 자세를 원칙으로 하여 대인 관계를 넓혀갔다. 그런 이유에서인지 주변에서는 나의 일이라면 나서주는 사람들이 많아졌다. 오늘날 내가 문화계의 정상급 인사로 행세하기까지는 주변 사람들의 도움에 힘입은 바 크다. 실력만으로는 세상을 살아갈 수 있는 것이 아니다. 세상이란 더불어, 함께 살아가는 곳이다. 인생의 성패는 유능하고 품성 좋은 동반자들이 누가 더 많으냐에 달려 있다.

세상에 없는 것이 두 가지 있다

세상엔 없는 것이 두 가지가 있다. 무엇인지 아시는가? 첫 번째 없는 것은 공짜이다. 세상엔 공짜라곤 없다. 여러분에게 굴러 들어온 이익이 처음에는 공짜라고 생각되겠지만 그것은 공짜가 아니다. 그것은 나중에 반드시 되갚아야 할 빚이라는 것을 기억해 두어야 한다. 아무 조건 없이 타인에게 베푼 호의는 훗날 여러분에게 여러 가지 형태로 반드시 되돌아온다. 어떤 경우는 몇 배의 이익이 더해져 되돌아오기도 한다. 만일 여러분의 생전에 돌아오지 않는다면, 다음 후손 대에라도 반드시 그것은 되돌아온다.

세상을 살아갈 때 가져야 할 기본 원칙이 있다. 그것은 상생의 원리이다. 사람과 상대할 때는 상대방에게 내가 무엇을 해줘야 상대방이 잘 되고 유리할까를 먼저 생각하고 실천에 옮겨라. 그로 인하여 상대방이 잘 되면 좋은 일이고, 그것이 결과적으로 내게도 좋은 일이 되면 더 좋은 일이다. 그것이 상생의 원리이다. 나의 이익을 먼저 생각하고 남을 대하면 상대방은 그것을 눈치 챈다. 그러고서는 진정한 인간관계가 성립되지 못한다. 상대방이 조건 없이 호의로 대할 때, 나도 그에게 호감을 갖고 호의를 베풀 기회를 찾는다. 공짜란 나에게 조건 없이 오는 호의이지만 언젠가는 상대방에게 갚아야 할 빚이다.

또 하나 세상에 없는 것은 무엇일까? '영원한 비밀은 없다'라는 말이 있듯이 사람 사는 세상에 비밀은 있을 수 없다. 은밀하게 행해진 비밀은 감춰질 수 있다고 생각하겠지만 언젠가는 비밀은 드러나는 것이기에, 비밀은 아예 만들지 않는 것이 낫다. 당장은 껄끄러운 상황이 연출되더라도 비밀 없이 솔직하게 정면으로 일을 처리하는 것이 후환이 없고 좋다. 그런 말이 있지 않은가? 정직이 최선의 방책(Honesty is the best policy.)이라고!!! 비밀을 만들지 말자.

세상에 없는 두 가지는 공짜와 비밀이다. 함께 어우러져 사는 이 세상에 받았으면 반드시 갚을 줄 알아야 하며, 솔직하고 정직하게 살아가는 것을 생활화하여야 한다.

만남 약속을 갖는 원칙

내게 한 고등학교 동창이 있었다. 학교 다닐 때도 친했지만 졸업 후 총각 때는 가끔 만나 서로의 고민거리도 나누고 술자리도 함께 하던 다정한 친구였다. 결혼 후 각자 생업에 매달리면서 만남도 뜸해졌다. 그러나 어쩌다 만나면 반갑고 늘 그리운 친구였다. 어느 날 친구로부터 만나자는 전화가 걸려왔다. 내 스케줄을 살펴보니 그 주에는 일정이 빡빡하여, 그 다음 주 수요일 저녁시간으로 만남의 일정을 잡았다. 그 다음 주 수요일이 왔다. 그날따라 바쁘기도 했고 저녁 시간에도 불가피한 일정이 추가되어 나는 친구에게 전화를 걸어 그 다음 주 수요일로 약속을 연기하였다. 그 다음 주 수요일이 되었으나 또다시 불가피한 일정이 잡혀 약속을 지킬 수가 없었다. 그러다 시간이 흘렀다. 잠시 그 친구와의 약속도 잊고 지냈다.

그런 일이 있은 지 한참 후에 고등학교 동기동창 모임에 나갔다. 그 친구가 보이지 않아 동기 친구들에게 그의 안부를 물었다. 친구들 중 하나가 그가 얼마 전에 교통사고로 세상을 떠났다는데 소식을 듣지 못했냐고 물었다. 하늘이 무너져 내리는 것 같았다. 이제는 살아서는 그 친구를 다시는 만날 수가 없게 된 것이다. 그 친구와 약속을 지키지 못했던 내 자신이 한없이 원망스러웠다.

나는 그 일이 있은 후에 사람들과의 만남 약속을 하는 새로운 원칙을 갖게 되었다. 보고 싶은 사람이라면, 만나야 할 사람이라면, 낮 시간이나 저녁 시간에 약속을 잡을 수 없다면 아침 식사를 함께 하는 조찬 약속을 잡거나, 잠들기 전 심야 시간이라도 만남의 약속을 잡는다는 것이다. 그 일이 있은 후 내가 사람들과의 만남 약속을 하는 새로운 원칙이다.

사람이 살다보면 이런저런 일이 이어져 바쁠 수가 있다. 그러나 바쁘다고 해서 만날 시간이 없는 것은 아니다. 시간은 내는 것이다. 대부분의 사람은 만남의 약속을 낮, 혹은 저녁 시간으로 잡는다. 가장 합리적인 시간이기는 하다. 그러나 사람을 만나는데 어찌 만나야 하는 시간대가 있겠는가? 차일피일 약속을 미루다 한쪽이 갑자기 세상을 먼저 떠나면 영영 못 만날 수도 있다. 나의 경우처럼. 만남 약속에 있어 시간대의 고정관념은 갖지 말자.

욕심이 없으면 근심도 없다

오늘도 여기저기에서 아기들이 태어나듯이, 또 이곳저곳에서 사람들이 이 세상을 떠나간다. 이 세상에 태어나고 싶다고 하여 태어난 사람이 없듯이, 더 살고 싶어도 누구나 자신의 의지와 관계없이 이 세상을 떠나가야 한다. 태어날 때 부모를 선택할 수 없음은 물론, 자신의 외모나 성격, 그리고 지능 등 그 어느 것도 선택할 수가 없다.

다른 생명체와는 달리 인간에게만은 삶이 너무나도 버거울 때 그 고통을 스스로 중단시키는 극단적인 방법으로 자살을 선택할 수 있다. 자살에 대한 보편적 인식은 부정적이다. 그러나 자살은 사적인 상황에 따른 매우 개인적인 선택이라 그 누구도 단언하여 비판하는 것에 신중해야 한다.

여러 해 전이지만 영화배우 최진실 씨가 자신의 두 아이를 두고 자살하여 사람들에게 깊은 충격을 안겨주더니, 이어 동생 최진영 씨가 자살하였고, 그 남편인 조성민 씨도 2013년 초 자살하여, 최진실 씨를 둘러싼 사람들이 안타깝게도 스스로 목숨을 끊고 이 세상을 떠나고 말았다. 얼마나 답답하고 괴로웠으면 그랬을까 하는 안타까운 마음이 들지만 남겨진 사람의 입장에서 보면 망자가 지니고 있던 슬픔과 고통의 짐을 고스란히 산 사람에게 넘겨주고 갔기에 어떻게 보면 참으로 무책임하고 원망스러운 일이기도 하다.

남부러울 것 없는 재산과 학력, 외모를 갖춘 사람들임에도 불구하고 급기야 자살이라는 극단적인 선택을 하는 사람들을 더러 본다. 반면에 풀빵 하나에도 온 가족이 감사하며 웃음이 떠날 줄 모르는 가정도 찾아 볼 수 있다.

한번 태어나면 어차피 떠나야 하는 인생길인데 길고 긴 세월 내내 무거운 짐을 걸머지고 걸어갈 수는 없다. 목숨을 내려놓는 자살을 선택하기보다는 마음 속 욕심을 조금은 내려놓고 행복의 의미를 자그마한 것에서 찾아내어 만족할 줄 아는 지혜가 필요할 것 같다. 근심거리를 잔뜩 짊어지고 고통스럽다 하지 말고, 내려놓을 줄 아는 지혜와 용기가 필요하다. 법정 스님께서 "무거운 짐을 잔뜩 지고 힘들다 하지 마라. 내려놓아라. 그러면 가벼워질 것이다."라고 하시지 않았던가?

현재의 삶이 근심으로 황폐해지는 사람도 많다. 이런 분들에게 그 근심의 뿌리와 시작을 생각해 보라고 권하고 싶다. 모든 근심의 근원은 따지고 보면 모두 다 욕심과 기대심에서 나오는 것이다. 그래서 선현들은 욕심이 없으면 근심이 없다는 뜻으로 무욕무환(無慾無患)이라 했다. 옳은 말이다. 지난해 제16회 동리문학상을 수상한 소설가 강석경이 "예술도 인생도 결국 내려놓음을 통해 완성된다."고 한 말은 삶의 깊은 성찰 끝에 내려진 지혜로운 결론이 아닐까? 늘 비우려 하며 욕심으로 자기 자신을 채우려하지 않는 항허불만자(恒虛不滿者)의 마음을 닮으며 사는 것이 지혜로운 삶이다.

그러나 욕심이 없다면 삶은 밋밋해질 것이며, 발전 또한 없을 것이다. 그래서 적절한 욕심은 삶의 동력이 된다. 문제는 자신의 역량을 뛰어넘는 욕심, 거짓을 무기로 하는 욕심, 남의 희생을 밟고 서려는 욕심이다. 그것을 알면서도 살다보면, 쓸데없는 일에 집착하고, 쓸데없는 일에 자존심을 걸고, 쓸데없는 욕심을 갖게 되는 자기 자신을 발견하게 된다. 그래서 늘 자기 자신을 경계하는 마음가짐이 필요하다. 자신이 어떠한 모습으로 살아가고 있는지 잠시 가던 길을 멈추고 여유를 갖고 생각해보자.

사람은 믿음의 대상이 아니다

    온 마음을 다해 믿었던 사람이 신의를 저버릴 때의 심경은 말할 수 없이 실망스럽다. 곤경에 처해 있을 때 아낌없이 도움을 주었던 사람이 신의를 저버렸을 때는 더욱 더 실망스럽다. 이럴 땐 대부분 실망을 넘어 분노의 감정에 이르게 된다. 살다 보면 신의를 헌신짝처럼 버리는 사람으로 인해 마음고생을 하는 사람들이 많다. 그러나 곰곰이 생각하면 그 실망감은 상대방에 대한 기대감에서 나온다. 사람에게 큰 기대를 하지 말라. 조건과 환경이 변하면 생각을 바꾸는 것이 사람이기 때문이다. 어떠한 조건과 환경 속에서도 한결같은 마음으로 사는 것이 이상적이긴 하나, 사람이기에 그러기에는 너무나 어렵다. 때론 자기 자신도 배신하는데 하물며 타인과의 신의에 변함이 없을 수 있겠는가?

　사람의 생각은 고정불변이 아니고 변할 수 있는 것이기에 인간관계에 있어서 영원함이란 있을 수가 없다. 누구에게 시혜를 주었다면 설사 보답과 고마움의 표시가 없더라도 섭섭하더라도 마음을 털어버리고 주는 것으로 만족해야 한다. 그게 진정으로 베푸는 거다. 사람이란 베풂의 대상이지, 믿음의 대상이 아니다. 만일 신(神)이 존재한다면 믿음의 대상은 오직 신(神)일 것이다.

짐 지고 무겁다고 징징대지 마라

"사는 것이 재미없다. 왜 나에게만 이렇게 힘겨운 일이 거듭되는지 모르겠다." 이런 푸념을 늘어 놓는 사람들과 자주 마주친다. 그래서 자세히 그런 분의 상황을 들여다보면 세상의 짐이라고는 모두 다 짊어진 듯, 정말로 짐을 많이 짊어진 분들이다. 그런 분들은 하고 싶은 일도 많고, 해야 할 일도 많고, 챙겨야 할 일도 많다. 자기 자신이 아니면 그 일을 처리할 사람도 마땅히 없다. 한마디로 근심이 많은 분들이다. 근심이 많으니 사는 것도 힘겹고 주위에 원망하는 마음도 생긴다. 당연하다.

옛 말에 무욕무환(無慾無患)이라는 말이 있다. 욕심이 없으면 근심도 없다는 말이다. 근심의 뿌리를 파고 들어가면 모두 다 욕심에서 출발한다. 출세의 욕심이 많은 사람은 그것이 이루어지지 않으면 그 욕심만큼 괴로움도 많고 근심도 많다. 금전에 욕심이 많은 사람은 경기가 풀리지 않거나 사업이 원만히 이루어지지 않으면 그만큼 근심도 깊어진다. 모든 것이 다 그렇다. 모든 일에 욕심이 많은 사람은 근심도 다양하고 괴로움도 많다.

짐을 있는 대로 다 짊어진 채 무겁다고 징징대는 사람들이 우리 주변에 너무나도 많다. 내려놓으면 내려놓는 만큼 가벼워진다는 쉬운 원리를 받아들여야 한다. 태어날 때 빈손으로 오고 결국 빈손으로 돌아가는 것이 인생이니 물질적인 것이나 외형적인 욕심에 매달릴 것이 아니라, 집착을 버리고 작은 것에서 행복을 발견하는 안빈낙도(安貧樂道)의 정신을 잃지 말아야 한다.

이런 견지에서 법정 스님이 말씀하신 '방하착(放下着)'을 옮겨 놓는다. 그간의 근심으로부터 마음이 정리되기를 바라면서.

처음 우리가 이 세상에 왔을 때 그리고 마지막 이 세상을 떠날 때 우린 빈손으로 왔으며 빈손으로 가야 한다는 것을 잘 압니다. 그러나 우린 대부분 태어남에서부터 죽음에 이르기까지 끊임없이 본래로 비었던 손을 가득 채우는 데에만 급급해 하며 세상을 살아갑니다. 우리네 인생의 목표가 어쩌면 그렇게 채우는 일일 터입니다. 돈을 붙잡으려 발버둥치고 명예를, 지위를, 권력을, 지식을, 이성을, 학력과 배경을 그렇듯 유형무형의 모든 것들을 무한히 붙잡으며 이 한 세상 아등바등 살아갑니다. 그것이 우리네 삶의 모습입니다. 무한히 붙잡는 삶, 붙잡음으로 인해 행복을 얻고자 하는 삶, 그러나 아이러니하게도 우리가 그렇게 추구하고 갈구하려고 하는 잡음! 그 속에서 우리가 그렇게 버리고자 갈망하는 고(苦), 괴로움! 괴로움이 시작됨을 알아야 할 것입니다.

붙잡고자 하지만 잡히지 않을 때 괴로움은 우리 앞을 힘으로 가로막게 될 것입니다. 이미 잡고 있던 것을 잃어버릴 때 우린 괴로움과 한바탕 전쟁이라도 벌여야 할 듯합니다. 그것이 돈이든, 명예든, 지식이든, 그 무엇이든 우리의 욕망을 가득 채워줄 만큼 무한히 잡을 수 있는 것은 이 세상 어디에도 없다는 것을 우린 너무도 모르고 있는 듯합니다. 인연 따라 잠시 나에게 온 것이지 그 어디에도 내 것이란 것은 있지 않습니다. 그러나 우리들은 인연 따라 잠시 온 것을 '내 것'이라 하여 꽉 붙잡고 놓지 않으려 합니다. 바로 '내 것'이라고 꽉 붙잡으려는 그 속에서 그 아상(我相) 속에서 괴로움은 시작 됩니다. '내 것'을 늘림으로 인해서는, '잡음'으로 인해서는 결코 행복이며 자유 진리를 구할 수 없습니다. 도리어 그동안 내가 얻고자 했던 붙잡고자 했던 그것을 놓음(放下着)으로써 행복을 얻을 수 있습니다. 무소유가 전체를 소유하는 것이라 했습니다. 놓음이 전체를 붙잡는 것입니다. 크게 놓아야 크게 잡을 수 있습니다. '나' '내 것'이라는 울타리를 놓아버려야 진정 내면의 밝은 '참나'가 드러나게 될 것입니다. 놓음… 방하착은 지금까지 내가 살아왔던 삶과 어쩌면 정면으로 배치되는 삶이기에 힘들고 어려운 듯 느껴집니다. 그렇게 선입견을 녹이기는 어려워 보입니다.

그러나 '방하착(放下着)' 그 속에 불교 수행의 모든 체계가 고스란히 녹아 있습니다. 부처님 가르침이 모두 들어 있습니다. 방(放)은 '놓는다'는 뜻이며 착(着)은 '집착, 걸림'을 의미합니다. 즉 본래 공(空)한 이치를 알지 못하고 온갖 것들에 걸려 집착하는 것을 놓아야 한다는 말입니다. 특히 무아의 이치를 알지 못하고 '나' '내 거'에만 매달려 이를 붙잡으려 하는 어리석은 아집을 놓아야 한다는 말입니다. 하(下)라는 것은 '아래'라는 의미이지만 그 아래는 모든 존재의 가장 깊은 곳 그 아래에 있는 뿌리와도 같은 우리의 참, 한마음, 본래면목, 주인공, 참나를 의미하는 것입니다. 일체 모든 끄달림, 걸림, 집착을 용광로와 같은 한마음 내 안의 참나의 자리에

돌려놓으라는 것입니다. 방하착(放下着), 방하착(放下着) 하니 많은 이들이 의심을 가집니다. 다 놓고 나면 어떻게 하지 아무것도 하지 말고 그저 돌처럼 바위처럼 가만히 있어야 하느냐 하고 말입니다. 그러나 '방하착(放下着)'이란 착심을 놓으라는 것이지 아무 것도 하지 말고 그저 멍하니 바보처럼 세상을 소극적으로 살아가라는 말이 아닙니다. 집착하는 마음을 놓으라는 것입니다.

젊은이들이 안타깝다

얼마 전까지만 해도 봄철만 되면 온 국민이 중국 발 황사로 고통을 받았는데, 요즘은 계절과 관계없이 미세먼지까지 가세하여 그 고통을 가중시키고 있다. 미세먼지는 호흡기 및 심혈관 질환의 원인이 되어 사망률을 높이는 것으로 확인되고 있다. 특히, 크기가 10마이크로미터 이하인 미세먼지 입자들은 폐와 혈중으로 바로 유입될 수 있기 때문에 큰 위협이 아닐 수 없다. 이제는 공기도 물도 마음 놓고 마실 수 없는 시대가 되었다.

5,60대 기성세대는 춥고 배고팠던 시절을 지냈지만 어찌 보면 참 좋은 시절을 살았던 것 같다. 지금은 웰빙 음식으로 각광받고 있는 무공해 유기농 채소를 먹고 살았고, 체육 수업이 끝나면 수돗가로 달

려가 수도꼭지에 입을 대고 마음껏 물을 마실 수 있는 시대에 살았다. 그리고 방과 후가 되면 마을 가까이에 있는 시냇가나 물웅덩이로 달려가 마음껏 물놀이를 하고, 물고기도 잡으며 놀았다. 요즘 같으면 될 법한 일인가?

기성세대가 살았던 시절은 자연 환경만 좋았던 것은 아니었다. 낭만이 있었던 시절이었다. 그들의 청춘 시절에는 마음에 드는 사람을 만나면 가슴 뛰는 사랑의 마음으로 상대방을 아끼고 그리워하며 몇 년이고 기다림의 시간을 가졌다. 그러나 요즘 젊은이들은 만나자마자 하루에 사랑의 모든 과정을 마치는 경우가 흔하다고 한다. 옛날에는 '쓰다가 만 편지'라는 노래가 유행할 정도로 온 마음을 편지에 담아 상대방에게 보내고 답장을 목놓아 기다리는 낭만이 있었다. 요즘은 이메일로 사랑 고백의 마음을 전송하는 것은 양반이고, 한 줄의 문자 메시지나 이모티콘 원 클릭으로 마음 전송을 끝낸다. 한마디로 낭만이 사라진 시대다.

고도성장의 시대에 청춘을 보낸 기성세대에겐 기회가 많았다. 공부를 태만히 하고 세월을 보내다가도 마음을 고쳐먹고 달려들면 학교 성적의 역전이 가능하였다. 삼류 중학교에 다니다가도 마음을 모질게 먹고 공부하면 일류 고등학교로 진학하는 것이 가능하였고, 삼류 고등학교에 다니다가도 모질게 마음먹고 공부에 매달리면 일류대학에 진학하는 사례를 흔히 지켜보며 자랐다. 요즘엔 전설 같은 이야기이며 거의 불가능한 이야기이다. 이젠 초등학교에서 일단 학력이 떨어지면, 중학교에서 반전이 안 되고, 그것이 고등학교로 그대로 연장되며 대학으로 이어진다.

사람팔자도 예전엔 신분 수직 상승이 많았다. 변두리 대학을 다니다가도 모질게 마음먹고 고시준비를 하면 사법고시나 행정고시에 합격하여 수직 신분 상승하던 시절이 있었으나, 요즘은 천신만고 노력하여 그 힘들다는 사법고시에 합격해도 검사나 판사로 임용되는 것은 너무도 힘든 일이고, 변호사가 되어도 취업을 걱정해야 하는 시대가 되었다.

5,60대 기성세대들이 자라던 시절은 고도성장의 시대라 대학을 졸업하면 대부분 바로 취업으로 이어졌다. 그러나 요즘은 대학을 졸업해도 취업하기가 너무나도 어렵다. 취업을 한다 해도 바로 정규직으로 시작하는 젊은이보다 계약직이나 인턴직으로 시작하는 젊은이들이 더 많다.

얼마 전 전통예술 관련 모 국립기관에서 주관하는 신진 국악단체들을 대상으로 하는 인큐베이팅 프로그램에 멘토로 참여하여 젊은

이들과 토론의 시간을 가진 적이 있다. 그들은 공모를 통하여 선발된 명문 대학의 국악과를 졸업한 젊은이들이 대부분이었지만 그들의 얼굴에는 미래에 대한 자신감보다는 불확실한 미래에 대한 불안감이 역력하여 안타까운 마음이 들었다. 서양음악 전공자의 경우는 더하다. 그들은 음악대학을 졸업하고 유럽 등 해외로 유학을 떠나 6년 정도 죽어라 공부하고 돌아와도 일자리를 구하기가 너무도 어려워 택배 일이나 이삿짐센터에서 일하는 이들도 적지 않다는 서글픈 이야기들이 나돌고 있다. 아마 사실일거다.

요즘 시대를 살아가는 젊은이들이 한없이 안쓰럽게 보인다. 요즘 젊은이들은 기성세대보다 더 기름진 음식을 먹고, 좋은 옷을 입고 자랐지만 결코 기성세대들보다도 좋은 시대에 살고 있는 것은 아닌 것 같다. 이런 삭막한 시대에 우리 같은 기성세대들이 젊은이들을 그저 어리고 한심스럽게만 볼 것이 아니라, 그들의 어려움에 공감하고 이야기에 귀 기울여 주고, 그들의 생존 환경을 개선해주기 위하여 어떠한 역할과 조력을 할 수 있을지 꼼꼼히 따져보고, 생각으로 그치는 것이 아니라 적극적으로 나서줘야 한다. 그것이 기성세대가 할 일이다.

젊은이들에게 주는 나의 충고

나이 든 사람들은 젊은이들로부터 대접만 받으려 하지 말고 그들에게 꿈과 희망과 비전을 제시해 주어야 한다. 그것이 기성세대의 책무이다. 그간 대학 문화예술관련 학부생들이나 대학원생들을 대상으로 강연을 할 때마다 나는 아래와 같은 충고를 해주었다. 나의 충고는 살면서 체득된 경험에서 나온 충고이다. 참고가 되기를 바란다.

· 우주의 중심은 나다. 나 없는 모든 것은 의미가 없으니까 .

· 주어진 조건과 환경에 감사하자.

· 누가 나를 돌봐주겠는가? 나는 내가 돌본다.

· 내일은 오지 않을 수도 있다. 오늘이 중요하다.

· 바쁠수록 여유와 미소를 잃지 마라.

· 똑같은 일도 보는 관점에 따라 다르니, 긍정적으로 보자.

· 계절에 봄, 여름, 가을, 겨울이 있듯이, 사랑도, 인간관계도 봄, 여름, 가을, 겨울이 있다.

· 기대가 크면 실망도 크다. 기대를 줄여라.

· 인간은 양면성이 있는 동물이다. 상대방의 잘못 하나로 모든 과거를 부정하지 마라.

· 모든 근심은 욕심에서 출발한다. 욕심이 없으면 근심도 없다.

· 사람은 사랑과 시혜의 대상이지, 믿음의 대상이 아니다. 믿음의 대상은 오직 신이다.

· 가는 사람 잡지 말고, 오는 사람 막지 마라.

· 지나간 일은 거론하지 말자. 거론한다고 다시 돌아갈 수 있겠느냐?

· 발품을 많이 팔아라. 발품을 많이 팔수록 조금 더 챙길 수 있다.

· 피할 수 없다면 즐겨라.

· 짐 지고 무겁다고 징징대지 마라. 내려놓으면 가볍다.

· 내가 잘못한 일이면 상대에게 진심으로 사과해라. 그렇다고 나쁜 놈이나 바보가 되는 것은 아니다.

· 소인들과 다투지 말자. 유연하게 피하자. 똥은 피하는 게 상책이다.

· 미운 사람에게 화가 나더라도 티내지 마라. 티내면 진다.

· 만나는 시간에 대한 고정관념을 버리자. 새벽이면 어떻고 자정이면 어떠냐?

· 내 능력 밖의 일에 대해서는 고민하거나 걱정하지 말자. 고민한다고 해결되냐?

· 술은 기분 좋을 때만 마신다. 그래야 기분이 더 업 되니까. 기분 나쁘거나 슬플 때는 술을 마시지 않는다. 술에 기대는 것 같아 자존심 상하니까.

· 베풀려면 화끈하게 베풀어라. 베풀면서도 욕먹지 마라.

· 아주 작은 인연이라도 소중히 하고, 받은 명함엔 꽃이 필 때까지 정성들여 물을 줘라.

· 받았으면 반드시 갚고, 주었으면 잊어라.

· 세상에 없는 것이 두 가지 있다. 공짜와 비밀이다.

· 나에게 못되게 구는 사람에게 정신적 에너지와 시간을 쏟을 바엔, 차라리 나에게 잘해주는 사람들에게 더 잘해라.

· 쓴소리를 받아 줄 그릇이 되어 있는 사람에게 충고해라. 그렇지 않다면 괜히 원수 한 사람이 더 는다.

· 편하려고 운전하는 건데, 전투를 하듯 운전하지 말고, 끼어들려는 차 끼어들게 하고 유유자적 편하게 운전해라.

· 가난으로 밥 굶는 사람 아직도 많다. 음식 가려 먹지 말고, 음식 앞에서 감

사해라.

· 상황이 나빠지더라도 걱정하지 마라. 옛날엔 얼음 밥도 감지덕지 먹은 나다.

· 바깥에서 안 좋은 일이 있다 하여도 집에 들어가서 티내지 마라. 바깥일은 바깥에서 끝내라.

· 친구나 친척들과 돈거래 하지 마라. 친구도 잃고 돈도 잃는다.

· 아무리 돈이 궁해도 주변 사람에게 돈 꾸지 마라. 서로 못할 짓이다. 돈이 필요하면 사채든 금융기관에서 돈을 꿔라. 그것도 안 되면 굶든지, 세상을 떠나라.

감사한 일이 너무도 많다

'범사(凡事)에 감사하라'는 말이 있다. 참 지당한 말이다. 세상을 살아가는데 힘겹고 어렵게 하는 것들도 많지만 곰곰이 따져보면 감사한 일이 너무도 많다. 세상에는 육신의 장애로 힘겹게 살아가는 이들이 얼마나 많은가. 그렇기에 온전한 육신으로 살아간다는 것이 감사하다. 큰 걱정 없이 하루 밥 세끼를 먹으며 살아간다는 것이 감사하다. 비록 허름한 집이지만 잠을 잘 수 있고 휴식을 취할 수 있는 내 집이 있어 감사하다. 큰 걱정 끼치지 않고 잘 성장하여 결혼을 하고 단란한 가정을 꾸미고 살아가고 있는 딸과 아들이 있다는 것, 그리고 어여쁜 손주들이 있다는 것에 감사하다. 남들이 흔히 갖지 못하는 수많은 제자들이 있다는 것에 감사하다.

여러 문화관련 기관을 거치면서 늘 정겹게 인사를 나눌 수 있고 가끔씩 서로 연락을 나눌 수 있는 옛 동료들이 있어 감사하다. 열심히 맡은 바 직분을 다하여 우리 문예회관을 명품 문화공간으로 만들어내고 있는 동료 직원들이 있다는 것이 감사하다. 우리 문예회관의 성공을 기원해 주고 늘 한결같은 마음으로 성원해주는 많은 지역 문화예술계 인사들과 지역주민들, 그리고 지역 구청 직원 공무원 분들이 있어 감사하다. 나와 뜻을 같이함은 물론이고 무슨 일이 있으면 한걸음에 달려와 줄 수 있는 수많은 전통예술계 및 문화예술계 동지들이 있어 감사하다. 나의 시 창작 의욕을 북돋아 주는 문학계 선배들과 동료들이 늘 곁을 지켜주어 감사하다.

세상을 살아가다 보면 나보다 더 많이 갖고, 더 좋은 조건에 살아가고 있는 이들도 많지만 나보다 덜 갖고, 더 열악한 조건 속에 고통 받으며 살아가고 있는 이들이 더욱 많다. 올려다보면 한도 끝도 없겠지만, 내려다보면 지금의 나의 삶은 분에 넘치는 감사함으로 가득 차 있다.

당신은 모르실거야

　사랑이란 기다려주는 것이다. 상대방의 아픔마저 자신의 아픔으로 받아들이고 지켜보며 기다려주는 것이라 생각한다. 자신이 늘 부족하며 못해줘서 늘 미안하다는 생각은커녕 자기에게 관심을 갖지 않는다고 상대방을 원망하고 조바심을 내는 연인들이 요즘 얼마나 많은가.

　상대방의 아픈 마음에 안타까워하고 기다려주는 넉넉한 마음을 잘 표현해 주는 노래가 있다. 가수 혜은이가 부른 '당신은 모르실거야'이다. '당신은 모르실거야 얼마나 사랑했는지/세월이 흘러가면 그때서 뉘우칠 거야/마음이 서글플 때나 초라해 보일 때에는 이름을 불러주세요/나 거기 서 있을게요/두 눈에 넘쳐흐르는 뜨거운 나의 눈물로/당신의 아픈 마음을 깨끗이 씻어드릴게/당신은 모르실거야 얼마나 사랑했는지/뒤돌아 봐 주세요/당신의 사랑은 나요' 노래 가사가 구절구절 마음에 와 닿는다.

이렇게 대중가요는 사람의 마음을 잘 표현하며 가사 속에 사람의 삶이 잘 투영되어 있어 좋다. 클래식 성악을 하는 분들도 친구들과 흥겹게 어울려 놀다 마지막에 부르는 노래는 대중가요다. 청록파 시인으로 널리 알려진 조지훈 시인도 자신은 "평생 시를 썼지만 사람의 삶이 가장 잘 녹아 있는 것은 대중가요 가사다"라고 고백하였다고 하지 않은가?

하룻밤 같은 인생

얼마 전 아내가 동사무소에 받아 왔다고 하면서 내게 발급된 경로우대카드를 건네주었다. 카드를 살펴보니 '서울특별시 어르신 교통카드'라고 적혀 있었다. 내가 사회에서 이르는 '어르신'의 대열에 섰다는 것을 깨우친 교통카드였다. 버스는 유료지만 지하철은 이 카드로 무료로 탑승할 수 있게 되었다. 무료 탑승권을 받았는데 기분이 좋은 것이 아니라 어딘지 마음이 쓸쓸하고 허전해졌다. 어린 아이가 지난날을 돌이켜보아도 하룻밤 같고, 청년이 지난날을 돌이켜봐도 하룻밤 같고, 90세 노인이 지난날을 돌이켜봐도 하룻밤 같은 것이 사람의 인생이라서, 어쩌면 사람의 삶은 하룻밤 같은 것이 아닐까? 나 자신도 지나온 날을 돌이켜 보면 하룻밤 같은데 벌써 경로우대증이 발급된 나이가 된 것이다.

　나이가 든 사람에게는 흔히 있는 일이겠지만 상대가 남자이든 여자든 간에 젊은 시절에 잠깐 만났다가 수십 년 만에 만난 사람의 얼굴을 보면 변해 버린 상대방의 모습이 마치 영화 '타이타닉'의 첫 장면이 그러했듯 영화의 한 장면을 보는 것과 같다.

　얼마 전 무용 전문잡지를 뒤적이다가 한 원로 무용가의 사진이 눈에 들어왔다. 그녀는 내가 젊었을 때 일 관계로 몇 번 만났던 무용가였는데 당시에는 무척 아름답고 당당한 모습이 인상적이었다. 그런데 잡지에 나타난 모습에는 젊었을 때의 아름답고 당당한 모습은 찾아볼 수도 없이 늙어 버린 여인의 모습이었다. 이것을 세월의 허망함이라고 표현해야 할까?

　그런 경험을 자주 접할 수 있는 것이 KBS TV 방송의 '가요무대'이다. 젊은 시절 인기를 한 몸에 누리던 대중가요 가수가 수십 년 만에 나타나 그 시절의 노래를 부를 때 변해버린 모습에 반갑기도 하지만 애잔하게도 느껴진다. 변해 버린 가수의 모습에서 자신의 모습이 투영되는 것은 나만 느끼는 감정이 아닐 것이다. 요즘 거울에 비춰진 내 모습을 보면 영락없는 '할배' 모습이다. 내 얼굴이지만 솔직히 마음에 안 든다.

사람들은 노년을 자연스럽게 받아들이라고 충고하는데 그 충고가 하나도 고맙지 않고 수긍해야 할 것 같은데 영 그러고 싶지가 않다. 한때는 나도 고왔던 얼굴이었는데 얼굴 여기저기에 주름이 가득하다. 그래서 때론 시간이 그냥 멈췄으면 하는 바람도 있지만 그것은 불가능하다. 그러니 어쩌랴. 그냥 받아들일 수밖에. 그러나 모습은 영락없는 '할배'라도 마음만은 소년 못지 않게 순수를 지향하며 추하게는 늙지 않는 것이 지금 가장 바람직한 자세겠지.

잘못 하나 때문에

인간의 내면은 양면성이 있다. 도스토옙스키는 '신과 악마가 싸우고 있다. 그 전쟁터가 인간의 마음이다'라고 말했다. 오로지 자기 자신의 이익만을 쫓으려는 자기중심적인 악마의 생각과, 공익과 신의를 위한 것이거나, 도덕과 사회규범에 따르거나, 자기 자신보다는 상대방의 이익과 상대방을 배려하고자 하는 신(神)의 생각이 다 함께 존재한다. 인간관계에 있어 행동으로 표출되는 것은 대부분 후자를 따르지만 그렇지 않을 수도 있다. 인간이기 때문에.

전자적(前者的)인 생각이 행동으로 표출되는 것을 '잘못'이라고 한다. 인간관계에 있어서 상대방이 신의를 저버린 행동을 하거나 자신의 사고방식과는 전혀 다른 행동을 표출할 때 인간적인 실망감을 느껴 심지어 절교를 심각하게 고려하는 경우가 많다. 상대방이 서로 인간관계에 있어 만(萬) 가지 좋은 일들과 추억이 있었음에도 불구하고 한 가지 잘못이 있었다 해서 그 많고 많은 좋은 일들과 추억은 다 잊어버리고 한 가지 잘못 하나를 이유로 절교를 결심하는 것은 경솔한 태도이다.

사람은 자신을 포함하여 모두 양면성이 있는 동물이므로 순간적으로 잘못된 행동을 선택할 수도 있다. 인간관계에 있어 상대방의 잘못 하나로 모든 과거를 부정하는 사례를 흔히 보게 되는데 그것은 자기 자신의 이익만을 생각하는 이기적인 태도이다. 상대방이 경우에 어긋난 행동을 하였을 때에는 혼자 판단하지 말고 상대방에게 솔직하게 자신의 실망감을 설명하고 일단 상대방의 변명을 들어봐야 한다. 상대방이 솔직히 자기 자신의 잘못을 인정하고 이해를 구할 때에는 '사람이기에 그런 일도 할 수 있다'고 생각하고 사과를 받아들일 줄 아는 넉넉한 자세가 필요하다. 그럼에도 불구하고 끝까지 자기 자신의 과오를 인정하지 않을 때는 극단적인 절교의 통고를 보내기 보다는 아무런 내색을 하지 않고 냉각기를 가지는 것이 좋다. 가급적 그가 자신에게 해주었던 그 많고 많은 고마운 일들과 좋은 추억이 그가 자신에게 준 선물이었다고 생각하면서 냉각기를 가지고 기다려볼 필요가 있다.

그럼에도 불구하고 일정 시간이 지나도 상대방이 끝까지 사과의 태도를 보이지 않을 때에는 상대방이 의식하지 못하도록 하면서 그와는 함께 일을 도모하지 않는 것이 좋다. 내 경험으로 보아서는 그러한 사람은 또 다시 신의에 어긋난 행위를 저지를 가능성이 아주 높다. 화가 치밀더라도 절대로 극단적인 절교의 통보는 보내지 말자. 아무런 이익 없이 원수를 만들 필요는 없다. 나 역시 잘못을 할 수 있는 사람이고 내가 판단한 것이 잘못된 판단일 수도 있다. 잘못은 잠시 숨길 수는 있지만 세월이 흐르면 스스로 다 드러난다. 오해였으면 그것도 다 풀린다. 그때 따져도 늦지 않다.

받은 명함엔 꽃이 필 때까지 물을 줘라

문화예술계에 첫 발을 디딘 후 지금까지 참으로 오랜 세월이 지났다. 내 인생의 여정을 돌이켜보면 무척 어려운 국면에 처해 힘겹게 지낸 적도 있었지만 비교적 성공적인 길을 걸어왔다고 할 수 있다. 그 이유를 따져보면 '운이 좋아서'이기 때문만은 아니다. 그렇다고 내 역량이 '출중해서'라고도 할 수 없다. 정확한 이유는 끊임없이 '주변 사람들의 도움을 받아서'이다. 그것을 단지 인복(人福)이 '좋아서'라고도 치부해 버릴 수 있겠지만, 그 인복은 나의 노력에서 온 부분도 많다.

나는 누구든 처음 만나는 사람을 허투루 대하지 않는다. 명함을 받으면 받은 명함에서 인연의 싹이 돋아나고 가지를 뻗어 꽃이 피어 열매를 맺을 때까지 정성 들여 마음의 물을 준다. 내가 인간관계에서 터득한 진리는 "내가 마음을 열어야 상대방도 마음을 열고 다가온다."는 사실이다. 상대방에게 마음을 열고 나의 진심을 전달해야 상대방도 마음을 열고 나의 우군이 되어준다.

내 주변의 사람들은 이렇게 해서 모인 분들이다. 유념할 점은 어떤 특별한 일이 없어도 평소 서로의 안부를 묻고 혹시 상대방에게 무슨 도움을 줄 수 있는 일이 없는지를 확인해보는 것이 매우 중요하다. 그래야 무슨 특별한 일이 있을 때 도움을 청하기가 매우 편해진다. 아무런 연락을 취하지 않고 지내다 무슨 일이 일어나 도움을 청하려 하면 속이 보이는 것 같아 부탁하기가 매우 거북하고 부담스러울 수밖에 없다.

세상은 혼자 살아갈 수 없다. 사람 인(人)자를 살펴보면 사람이란 서로 의지하며 살아가는 존재라는 평범한 진리를 일깨워준다. 우군(友軍)을 많이 만들어라. 우군은 그냥 만들어지는 것이 아니다. 내가 먼저 마음을 열고 나의 진심을 전달해야 만들어진다.

함께 어우러져 사는 세상

사람 사는 세상엔 별의별 사람들이 다 있다. 참 멋지게 살고 있어 부러운 사람도 있지만, 때론 "왜 저런 모습으로 살까?" 하고 눈살을 찌푸리게 만드는 사람도 있다.

나는 사람 사는 세상을 하나의 산에 잘 비유한다. 나무와 풀, 큰 나무와 작은 나무, 가시나무와 줄기나무, 갖가지 새들과 짐승들, 그리고 곤충들, 큰 바위와 작은 바위, 그리고 갖가지 돌들, 그리고 샘과 시냇물이 하나가 되어 어우러져 산을 이룬다. 나무는 풀에게 "왜 너는 풀이니?"라고 묻지 않고, 풀은 나무에게 "왜 너는 나무냐?"고 따지지 않고 함께 어우러져 산다. 새나 짐승도 서로에게 "왜 너는 그렇게 태어났느냐?"고 따지지 않고 어우러져 함께 산다.

사람 사는 세상도 그렇다고 생각한다. 키 큰 사람, 작은 사람, 잘난 사람과 못난 사람, 남자와 여자, 성격 좋은 사람과 그렇지 못한 사람, 순한 사람과 모진 사람이 함께 어우러져 세상을 이룬다. 키 작은 사람에게 "당신은 왜 그렇게 작으냐?"고 따진들 그의 키가 커지는 것은 아니다. 마음의 용량이 작게 태어난 사람에게 마음의 용량을 키우라고 한들 마음의 용량이 커지는 것이 아니기에 있는 그대로 인정해 주는 것이 지혜로운 일일 것이다. 그래야 세상이 평화로워진다.

상대방을 있는 그대로 인정하고 존중해주는 것이 옳다. 상대방도 나를 있는 그대로 인정하고 존중해주면 좋지만 그렇지 않더라도 할 수 없는 일이다.

인간은 양면성이 있다

살다 보면 믿었던 사람으로부터 배신을 당하는 경우가 있다. 그러면 당신이 나에게 어찌 그럴 수 있는가 하며 분노감이 들고 배신감이 든다. 상대방이 곧 잘못을 인정하고 사과를 해오면 기분은 나쁘지만 자신의 마음을 달래며 이해하는 쪽으로 방향을 바꿀 수 있는데, 자신의 잘못을 인정하기는커녕 시치미를 떼거나 배신행위를 정당화하면 절교로 이어지는 경우가 일반적이다.

그러나 여기서 잠깐 멈추고 생각해 보아야 한다. 인간은 선과 악의 양면성이 있어서 상대방에게 해가 되는 경우라 하더라도 자신에게 돌아오는 이익이 크다면 배신행위의 유혹을 느낄 수 있다. 대부분의 사람들은 이러한 잘못된 유혹을 억누르고 상대방과의 신의를 저버리지 않지만 그 이익이 크거나 자신이 절박한 상황에 처하면 혹간 그 신의를 저버릴 경우가 있다. 물론 잘못된 행위이다.

상대방의 그 행위만으로 상대방과의 인간관계를 끊어 버리는 것에는 신중해야 한다. 사람과 사람이 만나 서로 인간관계를 맺기까지는 서로 의지하고 돕고, 슬픔도 기쁨도 함께 했던 긴 세월이 있었던 것이다. 그 많고 많은 신의의 시간이 있었는데 한두 가지 섭섭한 일로 그 모든 시간을 부정하고 인간관계를 끊는다는 것은 경솔한 일이 아닌지 깊이 성찰해보아야 한다.

살다보면 성인군자가 아닌 바에는 누구나 잘못을 저지르게 마련이다. 나의 잘못은 사연이 있는 것이고, 남의 잘못은 나쁜 일로만 보는 것은 이기적이고 자기중심적인 생각이다. 그러니 사람관계에 있어서는 좋았고 고마웠던 시간들을 떠올리며 상대방에게 조금 더 너그러워져야 한다.

사람 사는 세상은 산과 같다

　나는 인간 사는 세상을 하나의 산에 즐겨 비유한다. 산에는 큰 나무, 작은 나무, 가시나무, 넝쿨나무, 사나운 짐승, 순한 짐승, 갖가지 곤충과 새들이 모여 산다. 바위도 있고 조그만 돌도 있고 시냇물도 흐르고 샘도 있다. 이렇게 모여 하나의 산을 이룬다. 그리고 이 모든 것들이 서로의 영역을 이루고 어울려 있다. 큰 나무가 작은 나무에게 너는 왜 그리 작으냐고 묻지도 않으며 가시나무가 넝쿨나무에게 너는 왜 가시가 없냐고 묻지도 않는다. 사나운 짐승은 사나운 짐승대로 살고 순한 짐승은 순환 짐승대로 살고 있다. 갖가지 곤충은 곤충대로, 갖가지 새들은 새들대로 산다. 이렇게 하여 하나의 산을 이룬다.
　이렇듯이 사람 사는 세상도 산과 같다. 이 세상엔 별의별 사람들이 모여 세상을 이룬다. 키 큰 사람도 있고 선천적으로 작은 사람도 있다. 남들이 모두 부러워할 정도로 미모를 타고난 사람이 있는가 하면, 안타까울 정도의 용모를 지닌 사람도 있다. 선천성 장애인도 있고, 살다가 불의의 사고로 장애인이 된 사람들도 있고, 건강한 체질로 태어난 사람들도 있고, 허약체질로 태어난 사람도 있다. 통 크고 활달한 사람이 있는가 하면, 속 좁고 매우 소심한 사람도 있다. 처음 만났는데도 오랜 친구처럼 살갑게 친근감이 가는 사람이 있는가 하면, 오랫동안 만났는데도 속을 모르겠고 왠지 모르게 껄끄러운 사람도 있다. 뉴스를 보다 보면 사람의 얼굴을 하고 어떻게 저런 끔찍한 일을 저지를 수가 있을까 혀를 차게 하는 인간망종이 있는가 하면 성인이 아니고서는 할 수 없는 선행을 베푸는 사람도 있다. 이런 사람, 저런 사람이 어울려 하나의 세상을 이룬다.

태생적으로 키 작은 사람은 아무리 노력을 해도 키가 커질 수 없고, 천성이 겁이 많거나 좁은 속을 갖고 태어난 사람에게 대범해지라고 다그친다고 대범해질 수는 없다. 세상은 성격, 인품, 성품, 외모, 성, 환경이 서로 다른 사람들이 모여 하나의 세상을 이룬다. 사람이란 서로 각각 태생적 한계가 있다는 평범한 사실을 인정해야 한다. 그러니 서로 인정하고, 이해할 것은 서로 이해하고, 양보할 것은 서로 양보하고 평화롭게 더불어 어우러져 살아야 한다.

이 세상에 내가 최고다

이 세상에서 가장 소중한 사람은 누구일까? 바로 자기 자신이다. 자기 자신이 없다면 이 세상 사람들과 삼라만상이 다 무슨 소용이 있으랴? 그렇기에 내 자신이 소중하듯 이 세상을 살아가는 사람들은 모두 다 자기 자신에 있어 가장 소중한 사람이므로 내가 만나는 상대방을 인정하고 존중해줘야 한다. 살다보면 상대방과 자기 자신을 비교하며 근거 없는 우월감을 갖는 사람도 있는가 하면, 괜찮아 보이는데 자기 자신이 그 보다 못한 사람이라고 생각하는 사람들도 있는 것 같다. 참으로 잘못된 발상이다. 자기 자신이 상대방에 비하여 못한 것이 아니고 서로 환경과 조건이 다른 것이다.

드높은 명예와 엄청난 재산을 가졌다 하더라도 자신이 불행하다 여기면 불행한 것이고, 명예도 없고 가난하다 할지라도 본인이 행복하다 여기면 행복한 것이다. 부와 명예를 가진 사람이라고 그에게 기죽지 말자. 그가 나에게 매월 몇 백만 원씩 부쳐주거나, 좋은 직장에 나를 취직시켜주는 것도 아닌데 왜 그 앞에서 기가 죽거나 그를 부러워하나? 자존감 있게 살자. 내가 최고다.

내게 소망이 하나 있다

　남들은 내 나이이면 정년퇴임을 한지 여러 해가 지나 집에서 손주들이나 봐 줄 나이인데 나는 운 좋게도 지금까지 문화관련 기관의 CEO로 일하고 있다. 참 대단한 행운이며 감사한 일이다. 그런 내게 소망이 하나 더 있다. 지금 다니고 있는 직장을 그만두면 한 일 년 동안 나와 죽이 맞는 화가 친구와 크루즈 호를 함께 타고 원 없이 세계 일주를 하는 거다. 매일 그 친구는 그림 한 점을 스케치하고 나는 매일 시 한편을 쓰는 거다. 일 년이 지나 돌아오면 시화집 한 권이 나올수 있으니 여행도 하고, 책도 내고, 일거양득이 아닐 수 없다.

　인생이 뭐 별거냐? 어차피 한 줌의 흙으로 돌아가는 거. 돌이켜보면 내 육신은 주인을 잘못 만나 평생 고생을 많이 했다. 함께 기거하던 내 영혼도 마찬가지였다. 평생을 일하느라 고생 많이 한 내 육신과, 고달팠던 내 영혼에게 이제는 무엇인가 멋진 선물을 해 주는 것이 온당한 처사다. 이곳저곳을 돌아다니며 먹고 싶은 것 먹어보고, 보고 싶었던 것 구경하고, 다리 아프면 쉬고, 졸리면 자며 여행을 즐겨보는 것이 멋진 선물이 되지 않을까? 더 나이 들면, 마음은 있어도 육신이 병들어 여행도 다닐 수 없을 테니까. 우물쭈물하시 말고 세계일주를 떠나자.

어르신 소리를 들을 자격

요즘 내 주변을 살펴보면 백발이 성성한 노년의 나이인데도 뭐 한 자리 해보겠다고 이곳저곳을 기웃거리며, 권력자에게 눈웃음치며 꼬리를 흔들어대는 사람들을 더러 본다. 물론 노년이라고 해서 모두 무조건 일자리에서 물러나야 한다는 것은 아니다. 김동호 전 부산국제영화제 조직위원장은 83세의 고령임에도 불구하고 문화부차관, 예술의전당 사장, 영화진흥공사 사장, 문화융성위원회위원장을 거쳐 부산국제영화제를 세계적인 영화제로 이끌었던 분이다.

이렇게 아직도 체력이 일을 감당할 만하고 그 능력이 인정되어 일이 맡겨진 경우에는 예외이지만, 그렇지 않은데도 불구하고 한자리 하겠다고 학연, 지연, 혈연을 총동원하여 동분서주하는, 그런 것을 노욕이라 한다. 노마호두(老馬好豆)라는 말이 있다. 글자 그대로 '늙은 말이 콩을 더 밝힌다'는 뜻이다. 마음을 비우고 베풀어야 할 노년에 오히려 더 명예와 돈을 밝힌다는 뜻으로 노욕을 꼬집는 말이다.

　나도 젊었을 때 선배들의 노욕을 지켜보며 손가락질을 했던 기억이 있다. 나는 저렇게는 늙지 않겠다고 속으로 얼마나 많은 다짐을 했던 가? 이제는 내가 그 나이가 되었다. 이제는 나의 직책이나 성과에 연연하기 보다는 가치 있는 삶에 무게 중심을 두고 살아야 할 나이가 되었다. 늙어지면 쿨하게 젊은 사람에게 자리를 물려줄 줄도 알아야 하고, 후배들이 성공적으로 살아가도록 도와주는 것이 도리인 줄 알아야 한다. 그래야 어르신 소리를 들을 자격이 있는 것이다. 추하게는 늙지 말자. 곧 죽어도!

나는 속이 상할 때 술을 먹지 않는다.

나는 속이 상할 때는 술을 거의 먹지 않는다. 술에 기대어 그 속상함을 잊어버리려 하는 내가 싫고 자존심이 상하기 때문이다. 대신 술은 기분 좋을 때 언제나 오케이다. 술이 들어가면 기분 좋은 마음이 업(up)되기 때문에 좋다.

대신 속이 상할 때는 나는 가급적 홀로 보내는 시간을 가지려 한다. 방해받지 않을 장소에서 홀로 있으면서 이 속상함이 내가 고민하고 노력하면 해결될 일인지, 내가 고민하고 노력한다고 해서 해결할 수 없는 숙명적이고 환경적인 일은 아닌지 깊이 생각해본다.

만일 이 속상함이 내가 고민하고 노력하면 해결될 수 있는 일이라는 판단이 서면, 그 해결 방안이 떠오를 때까지 밤을 새워서라도 고민해보고, 만일 그것이 내가 고민하고 노력해도 해결될 일이 아니라면 쿨하게 마음을 비우고 고민을 멈춘다. "아마도 지금의 이 난관은 시간이 해결해 주겠지." 아니면 "그냥 이 고통을 감내해야겠지. 언젠가 환경이 변하면 해결되겠지."라고 결정하고 생각을 접어버린다. 몸과 마음만 상했지 고민한다고 해결되는 일이 아니기 때문이다.

주어진 조건과 환경에 감사하자

    사람들마다 자신에게 주어진 조건과 환경에 반응하는 것이 다 다르다. 한 달 월급이 백이십만 원인 두 사람이 있다고 치자. 한 사람은 자신의 봉급이 백이십만 원 밖에 안 됨을 한탄한다. "애걔~ 이 돈 갖고 어떻게 한 달을 보낼 수 있어? 나는 왜 늘 이 모양이야?" 하고 한숨을 쉰다. 그리고는 이어 "어떤 사람은 월급이 몇 천 만원이나 된다는데…" 하며 자신의 신세를 한탄한다. 그리곤 늘 박봉을 면하지 못하는 자기 자신이 매우 불행하다 여긴다.

    다른 한 사람의 반응은 다르다. "이 월급이라도 받는 것이 어디야?" 하며 "취직도 못해 월급도 받지 못하는 사람이 얼마나 많은데… 아껴 써야지" 하며 만족하는 것이다. 그는 자기보다 더 가난하게 사는 사람들을 떠올리며 자신의 지금 상황에 감사해하며 만족한다. 그리고 장애자로 살거나 가난 속에서 힘겹게 살아가는 사람들을 떠올리며 비록 박봉을 받을지언정 멀쩡한 육신으로 사는 자신의 삶에 감사하는 마음을 갖고 산다.

얼마 전 친구들과의 저녁 모임을 갖고 심야에 택시를 타고 집으로 귀가하고 있는 중이었다. 차도 한가운데 한 할머니께서 차에 치어 쓰러져 있었다. 할머니께서 꼼짝하지 않고 쓰러져 있는 것으로 보아 이미 돌아가신 것 같았다. 할머니의 주변엔 폐휴지를 나르는 손수레와 폐휴지 덩어리가 나뒹굴고 있었다. 아마도 평생을 갖은 고생을 하며 가난하게 사시다가 한 푼이라도 버시겠다고 심야에 폐휴지를 나르시다 그런 일을 당하셨을 할머니의 슬픈 운명이 무척 안쓰러웠다. 그 할머니에 비하면 나는 얼마나 행복한 삶을 살고 있는 것인가? 살다보면 자신의 소망대로 되는 것이 아니다. 그러기에 막강한 재력을 갖추면 좋겠지만 그것이 자신의 소망대로 되는 것이 아니니, 주어진 조건과 환경에 감사하는 마음을 갖고 사는 것이 지혜로운 삶의 태도일 것이다. 올려다보면 끝도 없는 것이 사람 사는 세상이니, 그렇게 살기보다는 나보다 못한 사람과 자신을 비교하며 그래도 나는 행복하다 여기며 사는 지혜가 필요하다.

누가 나를 돌봐주겠는가?

살다 보면 때론 위기와 역경에 부닥칠 때가 있다. 어찌해야 할지 모르는 절체절명(絶體絶命)의 위기의 순간에 어디선가 귀인이 나타나 결정적인 도움을 주어 자신을 위기에서 구할 수도 있겠지만, 그런 경우는 드라마나 영화에서나 가능하다. 현실에 있어 대부분의 경우는 자력으로 그 위기에서 벗어나야 한다. 그렇게 할 수 없다면 위기에서 벗어나지 못한 채 절망의 구렁텅이에서 헤매야 한다.

위기에 처할 때 사람마다 반응하는 양상이 다르다. 반사적으로 좌우를 둘러보며 자신을 도와줄 사람을 찾는 사람이 있는가 하면, 혼자의 힘으로 위기에서 벗어나기 위해 온 힘을 다하는 사람이 있다. 세상은 그리 훈훈한 곳이 못되어서 그 누군가를 위기에서 벗어나도록 선뜻 다가가 도움의 손길을 뻗는 사람은 그리 많지 않다. 혹시 그 불똥이 자기에게 옮겨 붙거나 손해를 볼 수도 있기 때문이다. 그래서 위기에 처할 때는 자력으로 위기에서 벗어나겠다는 자세가 필요하다.

어떤 사람이 위기에 처할 때 사람들이 얼마나 도움을 주는지 실험을 해보았다고 한다. 심야 시간에 아파트 단지 한 가운데서 몇 번이고 목청을 높여 "사람 살려!"를 외쳐보았다고 한다. 아무도 그를 돕기 위해 뛰쳐나오는 사람이 없어 무척 허탈했다고 한다. 그러나 이 세상에는 타인의 어찌해야 할지 모르는 절체절명의 위기의 순간에 자신을 돌보지 않고 도움을 주는 의로운 사람들도 더러 있다. 그래서 이 세상은 살 만하다.

일반적으로 세상 사람들은 타인의 불행에 대해서 큰 관심을 갖지 않는다. 대체로 그냥 호기심으로 잠깐의 관심을 보일 뿐이다. 남이 나를 돌봐 주리라는 미련을 버려야 한다. 인생의 주역은 자기 자신이다. "누가 나를 돌봐주겠는가? 나는 내가 돌본다."는 마음의 자세로 살아가야 한다.

내일은 오지 않을 수 있다

생각을 하면 할수록 오묘한 것이 있다. 태어나는 것은 순서가 있어도 죽는 것은 순서가 없다는 것이다. 납골당에 가면 안치된 유골함에 출생년도와 사망년도가 표기되어 있다. 납골당 안에 주로 노인들의 유골이 안치되어 있을 것이라 생각하겠지만, 의외로 일찍 이 세상을 떠나는 젊은 사람들의 유골함도 많은 것을 보고 놀라게 된다.

사람은 자신이 언제 죽을지 모르고 산다. 그럼에도 불구하고 사람들은 오늘도 살고 내일도 살 것이라 믿으며, 심지어 영원히 살 것처럼 세상을 살아간다. 죽음은 예고를 하고 오기도 하지만 갑자기 들이닥치기도 한다. 그래서 삶이 더욱 극적인지 모른다.

사람은 미래를 준비할 줄 아는 동물이라 미래를 위하여 어느 정도는 오늘을 희생하며 살아간다. 어떠한 사람은 분홍빛 미래를 위해 허리끈을 바짝 졸라매고 허기를 견뎌가며 미래에 투자한다. 그러나 그것이 반드시 최상의 선택이라 할 수 없다. 그 분홍빛 미래 이전에 죽음이 찾아올 수 있기 때문이다. 내일은 오지 않을 수 있으니, 오늘의 모든 것을 희생해가며 살아가는 우매한 짓을 해서는 안 된다. 오늘은 평생 다시 돌아오지 않을 소중한 하루이다. 어떠한 오늘을 만드느냐는 오직 자기 자신에게 달려 있다. 자기 인생의 디자이너는 자기 자신이기 때문이다.

바쁠수록 여유와 미소를 잃지 마라

이곳저곳에서 분주한 모습으로 살아가는 사람들과 만난다. 얼굴에 여유라고는 보이지 않고 심지어 마치 전쟁터에 나가는 사람처럼 비장함이 감도는 사람들의 모습을 심심찮게 보게 된다. 그러한 사람은 마치 일을 위해 태어난 사람 같다. 그렇다고 그가 하는 모든 일이 완전 무결하게 성공적으로 잘 되는 것도 아닌데 말이다. 그런 사람들의 마음속엔 우리가 비집고 들어갈 틈이 없어 그냥 바라만 보게 된다.

우리 속담에 "바쁠수록 돌아가라"는 말이 있다. 그것은 바쁠수록 여유를 갖고 최선의 방책을 찾아가며 일해야 실수가 없다는 뜻이다. 바쁘더라도 미소와 여유를 갖고 주위에 있는 사람들을 편안하게 해 주어야 그들로부터 협업을 이끌어낼 수가 있다. 넉넉한 마음을 가지면 다른 사람들이 그 사람의 마음 안에 들어가 서로 상의하며 손을 잡을 틈이 마련된다. 세상일은 혼자서 해내야 하는 일도 있지만 대부분 여러 사람들과 협업해야 하는 일이 대부분이기 때문이다.

억울한가?

일을 하다 보면 여러 가지 상황과 접하게 된다. 똑 같은 상황이라도 사람마다 보는 관점이 다를 수 있다. 당면한 상황을 긍정적으로 보는 사람이 있는가 하면, 부정적으로 보는 사람이 있다. 세상 일이 다 그렇지만 모든 일이 다 순조롭게만 풀려나가는 것은 아니다. 일을 하다 보면 나쁜 상황이나 실패를 경험하는 경우도 많다. 그럴 때 "왜 나에게만 이런 나쁜 상황이 닥치는 거지?" 하며 세상을 원망하며 주저앉아 신세한탄만 할 수도 있겠지만, 오히려 그러한 나쁜 상황과 실패를 반전과 성공의 계기로 삼아 툭툭 털고 일어나 더욱 정진하는 사람들도 있다.

인욕정진(忍辱精進)이라는 말이 있다. 욕됨을 참고 더욱 정진하여 성공의 길로 나아가라는 말이다. 나에게도 모함에 빠져 최악의 상황에 내몰려 모든 것을 다 잃고 울분의 시간을 보내던 절망의 시간이 있었다. 만일 내가 그 당시에 그 상황을 원망하며 시간만 보냈다면 오늘날의 나는 없었을 것이다. 당시에 울분의 시간을 보내던 나에게 멘토로부터 인욕정진하라는 충고를 받았다. 고심 끝에 감사히 그 충고를 받아들여 당시의 상황을 반전의 계기로 삼아 툭툭 털고 새로운 출발을 했던 것이 오히려 전화위복이 되었다. 지금 울분과 절망의 늪에 빠져 지내는 분들께 인욕정진하시라는 충고를 드리고 싶다.

기대가 크면 실망도 크다

일을 하다보면 주위의 사람들에 대하여 배신감을 느끼거나 실망감이 드는 일이 더러 있다. 저 사람은 왜 저럴까? 나는 늘 그를 배려하고 잘 대해 주었는데 왜 나에게 배신적인 행동을 할까? 일의 경우도 그렇다. 모든 것을 바쳐 최선을 다해 일을 하였는데 그 성과가 초라해 속이 상할 때가 더러 있다. 사람에게 상처 받는 일도 그렇고, 살다보면 여기저기서 생기는 모든 근심 걱정도 거슬러 따져보면 크든 작든 다 내 욕심에서 출발하는 것이다.

이 세상 일이 어찌 내가 생각하는 대로 될 수 있으랴. 이 세상 사람들이 어찌 나처럼 생각해줄 수 있으랴. 그것도 다 욕심이다. 해결방안은 내 안에서 찾아야 한다. 그것은 욕심을 줄이고, 기대치를 줄이면 된다. 기대치에 100% 충족되면 좋겠지만 70%면 그게 어디냐 하고 생각하고, 10% 정도 밖에 이루어지더라도 안 된 것보다 낫다고 생각하고, 아예 이루어지지 않게 되면 그 일과 인연이 없어서 그런 거라고 생각하면 된다. 그러면 마음도 덜 상하고, 상처도 덜 받게 된다. 기대가 크면 실망도 크다. 기대치를 줄여라.

가는 사람 잡지 말고, 오는 사람 막지 마라

살다보면 주위에 있던 사람들이 떠나기도 하고, 또 새로운 사람들이 찾아와 내 주변의 사람이 되기도 한다. 주위에 있던 사람이 떠나가면 인간이기에 상실감으로 섭섭하기도 하고, 혹은 그와 함께 하던 일에 차질이 생겨 작든 크든 손해를 볼 수도 있기 때문에 만류를 하게 된다. 가겠다는 사람은 인간적인 면에서 일단은 붙잡고 만류해야 하나 굳이 가겠다면 쿨하게 보내줘야 한다. 떠나는 사람은 그만한 이유가 있어서 떠나는 것이다. 억지로 잠시는 붙잡아 놓을 수는 있으나 그것은 몸일 뿐이지 마음까지 붙잡아 놓을 수 없는 것이며 갈 사람은 결국 떠나게 마련이다.

반대의 경우도 그렇다. 오겠다는 사람은 굳이 경계하며 받아들일 것을 망설일 필요가 없다. 내게 오겠다는 사람은 쾌히 반갑게 받아들여야 한다. 오겠다고 하는 이가 훗날 뜻하지 않게 나에게 큰 힘이 되어 주는 사람이 될 수도 있을 것이다.

그러니 가는 사람 잡지 말고, 오는 사람 막지 말자. 인간관계는 물 흘러가듯 다루자. 내 주변에 있을 사람이면 변하지 않고 내 주변에 머무를 것이고, 그렇지 못한 사람이라면 붙잡아 두려 해도 언젠가는 떠나는 것이다.

지나간 일은 거론하지 말자

'엎질러진 물'이라는 말이 있다. 다시 돌이킬 수 없는 상황을 말한다. 살다보면 상대방의 실수나 잘못된 행동으로 낭패를 보는 경우가 종종 있다. 그런 일을 당하면 순간 화가 머리끝까지 치밀어 올라 상대방을 힐책하거나 잘못을 따지고 싶어질 때가 있다. 그때 잠시 진정하고 한 박자 쉴 필요가 있다. 그 상황이 '엎질러진 물'의 상황이 아닌지 판단해 보아야 한다. 화를 내거나 따져서 되돌릴 수 있는 일이라면 화도 내고 끝까지 따져봐야 한다. 그러나 그것이 악의로 의도된 것이 아니라 하다 보니 결과적으로 잘못되어 되돌릴 수 없는 일이라면 쿨하게 이해하고 용서해주고 다음을 기약해야 한다. 선의로 한 일이 결과적으로 잘못되었을 때는 그 선의 부분에 감사해 하는 아량을 보인다면 오히려 더 좋은 인간관계를 기약할 수도 있다.

잘못을 저지른 대부분의 상대방들은 힐책이 지나치면 자기 잘못에 대해 반성하기보다 힐책에 대한 서운함과 섭섭함이 더 커져, 미안함은커녕 오히려 적대적인 입장으로 돌아서기 쉽다. 그것은 일도 망치고 사람도 잃어버리는 이중의 손해이다. 그러니 지나간 일은 거론하지 말자. 거론한다고 돌이킬 수 있겠느냐?

발품을 많이 팔아라

　필요한 것을 구하고자 할 때 힘들더라도 가급적 발품을 많이 팔면 의외로 더 좋은 조건의 것을 구할 수가 있다. 가장 대표적인 예를 들자면 토지나 주택을 매입하거나 전세나 월세를 구할 때 특히 그러하다. 보다 많은 부동산중개인을 만나 상담을 해보고, 부동산중개인과 함께 보다 많은 매물의 현장을 직접 방문하여 살펴보면 의외로 값싼 가격으로 보다 좋은 조건의 매물을 만날 수가 있다. 부동산의 경우만 그런 것이 아니다.

　모든 영역이 대부분 다 그렇다. 인터넷에 올라온 광고나 몇몇 사람의 말만 믿고 선택을 하면 실망하는 일이 많다. 직접 현장을 방문해보거나 현물을 보고 판단해야 한다. 세상은 넓고 다양하다. 발품을 많이 팔아라. 발품을 많이 팔수록 조금 더 챙길 수 있다.

피할 수 없다면 즐겨라

세상을 살아가다 보면 달달한 일만 만날 수는 없다. 때로는 마주치고 싶지 않은 일도 종종 만난다. 피해가고 싶지만 피할 수 없는 상황도 많다. 대부분 그러한 일은 처리하는 과정이 힘에 부치거나, 피곤하거나, 짜증이 나게 마련이다. 그러나 어쩌랴. 어차피 처리해야 할 일이라면 정면으로 맞부딪혀 즐기듯 처리하는 것도 지혜로운 일이다. 결국 내가 해야 할 일이라면 즐기며 처리하라. 짜증을 내며 일을 해봐야 자신만 피곤하고 정신건강에도 해로울 뿐이다.

자신의 역량과 내공은 끝없는 도전 속에서 난관을 이겨내는 데서 쌓이는 것이다. 만일 그 일이 타인을 위한 일이라면 일을 해주며 고맙다는 말을 들어야 한다. 일은 일대로 해주고 짜증을 내거나 싫은 내색을 보여 당사자로 하여금 고마운 마음보다는 섭섭한 마음이 생기게 하여 공 없는 일이 되는 경우를 수도 없이 많이 보았다. 피할 수 없다면 즐겨라.

사과한다고 나쁜 놈이나 바보가 되는 것은 아니다

사람이 어찌 하는 일마다 옳은 일만 할 수 있겠는가? 일을 하다 보면 잘못 판단하여 실수를 할 수도 있으며, 사사로운 이익에 마음이 잠시 흔들려 상대방의 마음에 상처를 주는 일을 할 수도 있다. 그리하여 상대방과의 인간관계가 단절되는 지경에 이르기도 한다. 물론 그 지경까지 가면 안 되는 일이다. 이럴 때는 가급적 빨리 상대방에게 진심으로 사과해야 한다. 빠르면 빠를수록 좋다. 사과를 하는 것도 유효기간이 있기 때문이다. 상대방이 받아들이지 않는다 해도 받아들일 때까지 거듭 거듭 사과해야 한다. 심지어 상대방이 끝까지 사과를 거부한다 해도 사과의 마음까지 놓아버려서는 안 된다.

그런데 사람들은 사과에 대체로 인색하다. 왜냐하면 사과를 해버리면 자신이 나쁜 사람으로 낙인 찍혀 버릴까봐, 혹은 모자란 사람, 즉 바보 같은 사람으로 비쳐질까봐 걱정해서이다. 사람은 누구나 잘못을 하고, 실수를 하기 때문에 사과를 한다 해도 나쁜 사람이 되거나 바보가 되는 것이 아니다. 진실하게 상대방에게 사과를 했기 때문에 오히려 인품이 돋보일 것이다.

소인들과 다투지 마라

　세상은 다양한 사람들과 어우러져 살게 되어 있다. 살다 보면 별의 별 사람들이 다 있다. 그리고 사람마다 자신의 생각과 인품의 그릇이 있다. 하해와 같이 넓은 생각과 인품의 그릇을 지닌 사람을 성인, 군자라고 한다. 그런 사람은 한 세기에 하나 나올까 말까 하는 법이니 찾아보기 힘들 것이고 큰 그릇, 중간 그릇, 작은 그릇, 혹은 그릇이라고 볼 것도 없이 있으나 마나한 생각과 인품의 좁디좁은 그릇을 지닌 사람이 있다.

　문제는 이런 사람 저런 사람과 어울리다 보면 서로 생각이 다르거나 이해관계가 부딪혀, 따져 보거나 다퉈야 할 일이 생기는데 이 때 주의할 일이 있다. 서로 시시비비를 따져 잘못된 것을 따져볼 만한 사람이 있고, 아예 생각의 접점을 찾아볼 수 없는 무경우의 극치이거나, 생각이 밴댕이 속보다 적어 다툼만 격렬해질 뿐 실익이 없는 사람이 있다. 그런 사람을 소인이라고 한다. 소인에게 시시비비를 따지면 자신의 잘못은 인정하지 않고 오히려 상대방에 대한 섭섭함만 더 키워주게 마련이고, 심지어 해코지까지 하려고 든다. 결국 손해 보는 쪽은 소인과 다투는 사람이다. 다투면 똑 같은 사람으로 비춰지거나 똑같은 사람으로 전락하고 만다. 그러니 소인과는 다투지 마라. 유연하게 피해라. 옛말은 거의 다 맞다. 오랜 세월 생활 속에서 걸러져 온 진리이다. "똥이 무서워서 피하냐. 더러워서 피하지." 진리이다.

화가 나더라도 티내지 마라

사람들과 어우러져 사는 세상에 만날 때뿐만 아니라 생각만 떠올려도 미덥고 사랑스러운 사람이 있는가 하면, 주는 것 없이 얄미운 짓만 하는 사람도 있다. 그러나 어쩌랴. 함께 살아가는 세상이니 같이 살아갈 수밖에… 가만 내버려둬도 미운 짓만 하는 사람인데 그런 사람에게 미운 티를 내서 굳이 갈등구도를 만들어 시비의 빌미를 줄 필요가 없다.

미운 사람에게 화가 나더라도 결코 티내지 마라. 티내면 나만 손해다.

화끈하게 베풀어라

세상에서 제일가는 바보가 있다면 베풀면서 욕먹는 사람이다. 사람들 중에는 부탁을 받았을 때 흔쾌히 받아들이지 않고 해줄 듯 말 듯 뜸을 들이다가 받아들여 고마움의 강도(强度)를 떨어뜨리는 사람들이 더러 있다. 또 부탁을 받아 일은 일대로 해주면서 싫은 내색을 내며 투덜거려 결국 그가 일을 마쳤을 때는 고마운 마음은 온데간데없이 다 달아나버리고 섭섭한 마음만 남게 하는 사람들이 있다.

베풀면서 욕을 먹을 바엔 차라리 베풀지 않는 것이 낫다. 베풀면서 욕을 먹는 사람들이 세상에서 제일 바보다. 이왕 베풀려면 화끈하게 베푸는 것이 지혜로운 일이다. 그래야 고맙다는 인사를 받을 수 있다. 베풀면서 욕먹는 바보가 되지 말자.

받았으면 반드시 갚고, 주었으면 잊어라

때로는 도움도 받고, 주며 사는 것이 사람 사는 세상이다. 도움을 받으면 잊지 않고 되갚는 게 도리이기는 하나 종종 잊고 사는 것이 인지상정(人之常情)인 것 같다. 도움을 받으면 바로 되갚지는 못하더라도 고마운 마음만은 잊지 않고 살아가는 것이 경우에 맞다. 그런데 도움을 받으면 자기가 잘나서 응당 도움을 받은 것으로 여기고 살아가는 사람들이 의외로 많다.

도움을 주었으면 잊고 사는 것이 좋다. 그렇지 않으면 섭섭한 마음이 생기게 마련이다. 그러면 서로간의 인간관계도 서먹서먹해진다. 도움을 주었으면 '내가 좋아서, 아니면 마음이 내켜서 베풀어 준 것이니 그것이면 족하다'고 생각을 접고 사는 것이 좋다. 대가를 바라고 도움을 준 것이라면 그것은 베푼 것이 아니기 때문이다.

나에게 잘해주는 사람에게 더 잘해라

살다 보면 주는 것 없이 그냥 미운 사람이 있고, 특별한 이유도 없이 늘 신경 거슬리게 하는 사람도 있다. 또 어떤 사람은 대놓고 괴롭힘을 주기도 한다. 그런 사람들은 대부분 인성이 별로여서 관계를 더욱 좋게 가져보려고 아무리 정성을 들여도 행동이 개선되거나 달라지지 않는다. 그래도 계속 신경이 쓰이게 하니, 호의적 관계로 개선되는 것까지는 바라지도 않지만 껄그러운 관계만이라도 호전시키기 위하여 시간을 투자하여 정신적 에너지를 쏟게 마련인데 결국 돌아오는 성과는 신통치 않다. 마치 자갈밭에 거름 주는 격이라 할까? 힘만 들었지 소용이 없는 경우가 대부분이다.

차라리 그럴 시간에 나에게 잘해주는 사람, 호의적인 사람에게 더 잘 해주자. 그것이 백배 천배 더 낫다. 망망대해에 고기를 잡으러 돌아다니다가 잡아 놓은 물고기마저 놓쳐 버리거나 죽게 하는 우(遇)를 범하지 말자. 나에게 잘 해주는 사람에게 더 정성을 들여 서로간의 인간관계를 보다 공고히 하여 확실한 내편을 만드는 것이 더욱 지혜로울 것이다.

그릇이 된 사람에게 충고해라

　세상 사람들은 저마다 마음의 그릇이 있다. 널찍한 마음을 갖고 있는 사람도 있지만, 소주잔보다 더 작은 마음을 갖고 사는 사람들도 있다. 늘 넉넉하고 여유롭게 살아가는 사람도 있지만 눈에 거슬리는 행동을 일삼는 사람들도 있다. 비교적 가깝게 지내는 사람들 중에서도 잘 하다가도 때로 잘못된 판단으로 문제를 일으키는 경우가 있는데 그걸 말해줘야 할지 내버려 두어야 할지 망설여질 경우가 있다.

　몸에 좋은 약이 쓰듯이, 솔직한 충고는 대체로 귀에 거슬려 '쓴 소리'라 한다. 쓴 소리를 받아 줄 그릇이 되어 있는 사람에게 충고하는 것이 좋다. 그렇지 않은 사람에게 쓴 소리를 하면 그 말을 감사히 받아들이고 자신의 그릇된 행동을 고치려 하기보다는 자신을 헐뜯는다고 생각하여 원망과 미움을 갖는다. 괜히 원수 한 사람만 더 늘게 되는 것이다.

충고를 받아들일 그릇을 갖고 있지 못한 사람은 차라리 그냥 내버려 두는 것이 좋다. 그대로 살다가 죽게 두자. 그렇게 하다 어디서 험한 꼴을 당하는 것도 제 몫이니까.

왜 운전을 하는지, 생각해 보라

양순하고 사람 좋다는 우리나라 사람들도 운전대를 잡기만 하면 남녀 불문하고 사나운 투사가 된다는 말이 있다. 어느 정도는 맞는 말이다. 아마도 교통법규 위반 단속만 없다면, 폭력에 대한 형사처벌만 없다면 거리는 전쟁터를 방불할 정도가 될 것이다. 거리는 난폭 운전자들로 가득찰 것이며, 운전자들끼리 욕설은 물론 멱살잡이를 넘어 주먹질까지도 불사하는 장면이 속출할 것이다.

왜 그럴까? 그간 우리는 고도성장 산업화 시대를 살아오면서 과정은 어떠했든 신속한 성과를 우선시하는 '빨리빨리' 문화가 일상화되어 있어 그럴 것이다. 오직 1등만이 평가를 받고 2등은 용서가 되지 않는 시대를 살아온 것이다. 그래서 양보가 곧 손해로 이어지기 때문에 양보가 결코 미덕이 될 수 없는 시대를 살았던 것이다.

운전을 하다 보면 줄을 서지 않고 자신의 이익만을 생각하여 얌체처럼 끼어드는 운전자와, 그러한 행동에 격분하여 허락하지 않으려는 운전자의 신경전은 생사를 다투는 전쟁과도 같아 보인다. 실선에서의 끼어들기는 분명 법규 위반이다. 급하다고 중앙선을 침범하여 운전하거나 불법 유턴을 하고, 보행신호등이 들어와 행인들이 건널목을 건널 때도 신호를 무시하고 지나가는 차량들을 너무나 많이 보게 된다. 교통법규 위반이 정당화될 수 없는 것이고, 마구잡이 폭력도 용인될 수는 없다. 교통법규 위반은 사람의 생명과 안전에 커다란 위협이 될 수 있기에 법규는 반드시 지켜져야 한다.

우리는 왜 운전을 할까? 편하고도 신속하게 목적지에 도착하기 위해서다. 법규를 위반하여 달린다면 신속하게는 목적지에 도착할 수는 있을 것이다. 그러나 자신의 목숨을 걸고, 아니면 타인의 목숨에 위협을 주며 달리는 것이니 정신과 자신의 육체에 많은 부담을 준다. 절대로 편할 수 없다. 편하려고 운전하는 건데 전투를 하듯 운전하지 말고, 끼어드는 차 끼어들게 하고 유유자적 편하게 운전하자. 그래봐야 10분 늦게 가는 것이다.

나는 참 운이 좋다

내 집무실은 멋진 사무 공간이다. 창밖을 내다보면 동편에 자리 잡은 불암산 전경이 한 눈에 보여 오전이면 산등성이를 타고 올라오는 햇빛이 아름답고, 산등성이를 감싸 안은 푸른 하늘이 아름답다. 이따금 날씨가 궂어도 궂은 대로 아름답다. 그리고 창문 가까이 커다란 버드나무와 목련 한 그루, 그리고 무성한 대나무 숲이 아름답다.

십여 년 전 내가 부임한 지 얼마 안 됐을 때 대나무 축하 화분 하나가 들어왔다. 실내에 놔두니 생장 상태가 좋지 않아 사무실 밖 화단에 대나무를 심어 놓았는데 생장 조건이 좋은 탓인지 한 해, 한 해 대나무가 새끼를 치더니 이제는 대숲이 되어 버렸다. 대나무가 잘 자라지 못하는 서울의 도심에서 대숲을 본다는 것은 행운이다.

요즘은 봄이 깊어간다. 지난 겨울 내내 앙상했던 가지에 연두색 이파리가 솟아 나오는 모습이 싱그럽고, 수많은 망울을 터뜨린 목련 꽃이 화사하다. 비가 내릴 때는 창문을 때리는 빗소리가 좋고 빗방울에 산들거리며 몸짓하는 나뭇잎을 바라보는 정취가 좋다.

사무실 안에는 커다란 책장 두 개가 자리 잡고 있어 언제든 책을 꺼내 볼 수 있어 좋다. 내 책상 한편에는 모조품이지만 거의 원형에 가깝게 복제된 백제금동향로가 놓여 있다. 마음이 심란할 때는 향불을 피워 놓고 향로에 조각된 용과 봉황, 그리고 연꽃, 오악사(五樂士), 십장생의 모습과 대화할 수 있어서 좋다.

책상 위에는 업무용 컴퓨터와 프린터기, 그리고 전화기가 놓여 있어 업무를 하는데 전혀 지장이 없다. 책상 정면에 보이는 벽에는 언제든 음악을 들을 수 있는 오디오 한 대가 놓여 있고, 우리 극장의 공연을 모니터링할 수 있는 모니터 텔레비전이 있고 그 위에는 아름다운 스위스의 호반과 알프스 산을 연상케 하는 유화 그림이 걸려 있다.

또 한쪽 벽에는 예정된 우리 회관의 공연 포스터가 붙어 있어 공연 기획자로서의 나를 가볍게 긴장하게 해주어 좋다. 그리고 그 옆에는 월중행사 화이트보드가 걸려 있어 나의 일정을 늘 확인하게 해준다. 직장을 가진 사람들 중에 나만큼 쾌적한 사무공간을 갖고 있는 사람은 거의 없을 것이다. 그러고 보면 나는 참 운이 좋은 사람이다.

바깥일은 바깥에서 끝내라

사회생활을 하다보면 이런 저런 일로 심기가 편치 않을 경우가 많다. 심기가 편치 않은 이유는 여러 가지다. 추진하고 있는 일이 잘 풀리지 않고 실타래처럼 꼬여 있어 좀처럼 해결될 기미가 보이지 않아서일 수도 있고, 무척 불쾌하거나 섭섭하거나 슬픈 일 때문일 수도 있다. 어차피 본인이 해결해야 하거나, 사그라질 때까지 속으로 삭여야 할 일이다.

가족이란 기쁨도 함께하고 슬픔도 함께 나누는 사이이긴 하지만 바깥일을 집으로까지 연장해서 가족들에게 부담을 주는 것은 한 가정을 이끌어가는 가장답지 못한 일이다. 바깥에서 안 좋은 일이 있다 하여도 집에 들어가서 티내지 말자. 바깥일은 바깥에서 끝내자. 혼자

삭이고, 혼자 해결하면 될 일을 가족들에게까지 불편한 심기를 드러내고, 일에 대한 부담감까지 줄 필요가 있겠는가?

그럼에도 불구하고 혼자 해결하고자 아무리 노력해도 해결방안이 보이지 않는 마지막 단계에서는 가족들과 흉금을 터놓고 함께 상의하여 지혜를 모아야 한다. 그래야 가족이다.

돈거래 하면 친구도 잃고 돈도 잃는다

아무리 돈이 궁해도 친구나 친척들, 그리고 주변 사람에게 돈 꾸지 말자. 서로 못할 짓이다. 돈이 필요하면 사채든 금융기관이든 대출을 받아 해결하자. 지난날을 돌이켜보면 내게도 급히 돈이 필요했던 때가 더러 있었다. 하지만 어느 때건 "누구에게 부탁을 해서 해결하지?"라고 생각해 본 적이 없었다. 어떻게 해서라도 혼자 해결하려 하였다. 누구에게 부탁을 한다는 것은 상대방에게 부담을 주는 일이다. 상대방에게 부담을 주면서까지 자신의 문제를 해결하려는 것은 너무도 안이한 해결방식이라는 생각이다.

또한 가까운 사람들이 돈을 꿔 달라고 하면 절대로 돈을 꿔주지 말자. 가까운 사람도 잃고 돈도 잃는다. 상대방이 제때 돈을 상환해주면 좋지만 그렇지 못할 때 문제가 생긴다. 돈 문제에 있어서 사람이 거짓말하는 것이 아니라 형편이 거짓말한다는 말이 있다. 돈을 빌려주고 정작 자신이 필요할 때 돈을 쓸 수 없는 경우가 되면 갚지 않고 있는 사람에게 서운한 마음이 드는 것은 당연한 일이다. 그리고 돈을 빌려준 사람이 빨리 갚아달라고 반복하여 채근하면 서운한 마음이 드는 것도 당연하다.

그렇게 되면 인간관계까지 서먹해지게 되고, 경우에 따라서는 인간관계의 단절에까지 이르게 되는 경우를 주변에서 너무도 많이 보아왔다. 그러니 돈을 꿔달라고 하는 사람이 있다면 박정하다 생각할지라도 "지금 형편이 그만한 돈을 꿔 줄 여력이 전혀 없다"고 말하자. 돈을 꿔주고 지속적으로 서운한 일이 생기는 것보다 잠시 섭섭한 것이 낫다. 그래도 다소나마 여력이 있다면 자신의 재정 상태에 맞게 받을 생각 말고 그냥 돈을 주자. "갚지 않아도 좋으니 이 돈은 그냥 쓰시라"고 첨언을 해드리자. 그것이 서로의 인간관계를 지키는 길이다.

II
문화의 현장에서

문화기획자들에게 주는 충고

요즘 들어서 나의 역할에 대해 많이 생각한다. 나이가 든 탓일 것이다. 나의 과거를 돌이켜보면 파란만장했다. 마치 영화 한 편을 보는 것 같다. 오랜 세월 문화예술계에서 일하다 보니 거칠 역할은 대부분 다거친 것 같다. 고등학교 습작기부터 시(詩)를 쓰기 시작하여 문단 등단을 거쳐 지금까지도 시를 쓰고 있다. 시집 몇 권을 내었으나 대중들의 관심을 끌지는 못하였다. 20대에는 한때 연극을 한답시고 동분서주한 적도 있었다. 본격적인 문화예술계 활동은 70년대 국내 최고의 품격을 자랑하는 예술·건축 종합잡지 '공간(空間)'의 기자 생활에서 시작했다고 말할 수 있다.

'공간'은 우리나라 현대 문화예술사를 새로 쓴 세계적인 현대 건축

가이자 '공간그룹'을 이끌었던 고 김수근(1931~1986) 선생이 창간한 전문잡지이다. 당시 '공간'은 우리나라 건축계의 인재들을 직원으로 채용하여 건축계를 선도하면서 굵직굵직한 건축 설계 일을 도맡아 하였으며. '공간사랑(空簡舍廊)'이라는 소극장을 운영하며 우리나라의 공연예술을 선도하였다.

2년간의 짧은 기자 생활이었지만 '공간'에서 축적된 지식과 경험은 내가 예술계 활동을 하는데 밑바탕이 되었던 것 같다. 내가 '공간'에서 일하던 시절에 그곳에서 '김덕수 사물놀이'와 공옥진의 '병신춤'이 만들어졌다. 그리고 오태석의 1인극 '약장수'가 만들어지는 등 오늘날 현대무용의 기반이 그곳에서 만들어졌다. 오늘날 문화기획자의 대부로 알려진 고 강준혁 선생도 당시 나와 함께 '공간'에서 일을 함께 하였다.

그 후 모 예술고등학교에서 교편생활을 시작하여 적지 않은 세월 동안 훈장 노릇을 하였는데, 그것이 인연이 되어 주 전공이 영어영문학에서 국악이론과 예술경영으로 바뀌게 되어 지금도 전문가 행세를 하고 있다. 교직 생활을 그만 둔 후 '(사)전통공연예술연구소'를 창설하여 중앙정부나 지역의 굵직굵직한 각종 연구용역 사업을 맡아 수행하였고 공연사업도 맡아 주관해 본 적도 있었다.

그 후 지역 문화재단이나 문예회관의 CEO로도 일을 해보았고, 문화부 산하 공공기관 대표도 거쳤다. 문화예술관련 대학이나 대학원에서 겸임교수로 전통연희론, 민속학 개론, 예술경영, 예술행정, 문화콘텐츠 등 여러 강좌를 맡아 강의도 해보았고, 정부의 전통예술 진흥정책 수립에도 참여해 보았다.

국악 분야에서 많은 연구를 하였기에 무형문화재위원으로서 무형문화재 종목 발굴이나 종목지정, 그리고 예능보유자 인정 일을 지금도 하고 있다. 또한 국가 주도의 축제뿐만 아니라 지역 축제의 산파역을 맡기도 했고, 직접 예술 감독을 맡아 축제를 주도해 보기도 하였다. 웬만한 일은 다 거친 셈이다. 이제 또 다시 어떤 중책을 맡아보겠다고 나선다면 노욕(老欲)으로 비춰질 수 있으니 경계해야 하겠다.

이제는 내가 새로운 무엇을 맡기 위해 나서기 보다는 후배들이 중책을 맡을 수 있도록 도와주고, 그 일을 성공적으로 수행할 수 있도록 도움을 주는 것이 나에게 어울릴 것이며 옳은 일일 것이다. 더 나아가 대학을 졸업해 나오는 문화예술 관련 젊은이들의 일자리 창출에 앞장서고, 인성이 제대로 갖추어져 있는 인재라면 그들이 두 발로 우뚝 설 수 있도록 조력하며 살려고 한다. 그리고 오랜 세월동안 내가 축적한 경험과 지식을 아낌없이 젊은이들과 공유하는 일에 무게 중심을 두며 살려고 한다.

그간 젊은 문화기획자들이나 관련 학과 대학 학부생들이나 대학원생들을 대상으로 강연을 할 때 나는 아래와 같은 요지의 충고를 해주었다. 오랜 문화현장에서 내가 체득한 경험에서 나온 충고이니 참고해주기를 바란다.

기획

· 문화기획자로서의 자부심과 소명의식을 가져라.

· 문화기획자의 길은 배고픈 길이다. 돈을 벌고 싶으면 하루라도 빨리 떠나라.

· 자신이 실행한 모든 프로그램의 만족도와 인지도를 지속적으로 모니터링하라.

· 고객의 마음을 읽고, 동료의 마음을 읽어라.

· 동료와 늘 소통하고, 공유하고, 협업하라.

· 예술의 트렌드 변화에 주목하라.

· 내가 하고, 만드는 모든 것이 브랜드이다.

· 고객에게 감동을 주어라.

· 단골 고객을 기억하고, 극진히 모셔라.

· 내년에 할 일은 올해 기획하라.

· 수익성에 앞서 공익성을 생각하라.

· 예술가들은 우리가 섬겨야 할 왕이다.

· 예술가들을 벗겨 먹으려 하지 마라. 반드시 정당한 대우를 해주어라.

· 손해를 보더라도 신의를 지키고, 약속을 목숨 같이 중히 여겨라.

· 끊임없는 자기 계발을 하라.

· 부하 스텝들을 칭찬하라. 아니면 내보내라.

· 꼼수를 쓰지 마라. 정직한 대화와 정면 돌파는 후환이 남지 않는다.

· 일류 기획자는 직접 하지 않고 남의 힘을 쓰며, 남의 머리를 쓴다.

· 멘토를 섬겨라. 멘토가 없는 사람은 고아이다.

· 늘 메모하라.

· 자기 자신의 경력 관리를 하라. 이력서를 꾸준히 써나가라.

· 자기 자신에게 부족한 점은 머뭇거리지 말고 즉시 보완하라.

· 공부는 평생 하는 것이다.

· 기획 일기를 써라.

· 행사를 마치면 미진한 부분은 신속하게 정리하여 다음 행사에 반영하라.

· 문화예술 공공기관의 공모 시기를 정확히 파악하고 대비하라.

· 무대예술전문인 자격증 취득에 관심을 가져라.

· 공연 및 전시 기획을 할 때는 반드시 환경 분석을 한 후 전략을 기획하라.

· 아이디어가 떠오르지 않거나 일이 꼬여 있을 때는 나만의 시간을 가져보라.

· 해외 진출 전통 공연 및 전시는 전통적인 것 중에서 세계적인 보편성 있는 작품을 기획하라.

· 모든 진행사항을 문서화하라.

· 기획서는 누구나 이해할 수 있도록 간결하고 명료하게 작성하라.

· 공공기관의 지원 사업 공모 의도를 정확히 파악하라.

· 잘 나가는 예술단체의 제안서를 입수하여 스터디하라.

· 대기업에서 주관하는 문화예술 후원 사업을 파악하고 적극적으로 공략하라.

· 국가문화예술지원시스템에 회원가입(개인, 단체)을 하고 입력방법을 스터디하라.

· 예술경영지원센터의 예술경영 컨설팅 서비스를 활용하라.

· 살아남기 위해서는 지속적이며 안정적인 문화예술교육 사업에 주목하라.

· 지역 예술가 및 주민들의 일을 도와드리는 일이 문화관련 공공기관 직원이 할 일이다.

제작

· 고객의 목마름에 응답하라.

· 관객을 탓하지 마라. 관객은 귀신 같이 명품을 알아낸다.

· 좋은 공연, 좋은 작품을 많이 봐야 좋은 공연, 좋은 작품을 만든다.

· 최고의 퀄리티를 추구하는 자에게는 원치 않아도 돈과 명예가 찾아온다.

· 고정 관념을 버리고, 자유로운 영혼을 가져라.

· 인접 장르의 사람들과 어울려 기(氣)를 받고 협업하고 상생하라.

· 나만의 색깔을 갖자.

· 작은 작품이라도 명품을 지향해라.

홍보

· 구슬이 서 말이라도 홍보가 안 되면 헛것이다.

· 인적 네트워크를 강화하라. 인맥은 진정성에서 형성되며 곧 재산이다.

· 남의 말을 경청하고 겸손하라.

· 홍보는 그대가 기획한 것의 품격을 결정한다.

· SNS를 잘 활용하라.

· 세상의 변화를 파악하라. 신문은 선생님이다.

· 신문의 문화면은 문화예술 트렌드 파악에 좋은 참고서다.

· 기자별 기사 성향을 파악해 두어라.

· 사진과 동영상 자료를 잘 축적해둬라.

마케팅

· 고객에게 스마트폰이 있다는 것을 잊지 마라.

· 같은 장르의 사람들은 대부분 적이며 경쟁자며, 뒷담화의 명수들이다.

· 아는 것이 힘이다. 문화관련 법령을 스터디하라.

· 문화예술 소비자의 니즈를 통계자료와 설문조사를 통하여 정확히 파악하라.

아울러 문화기획자로서 모범적인 생을 살다간 강준혁(1947~2014) 선생이 문화기획자가 되고자 하는 젊은이들에게 남긴 글도 함께 소개한다. 나도 강 선생의 글에 깊이 공감하고 있다. 참고가 될 것이다.

· 예술을 사랑하라. 그리고 예술가를 존중하고 아껴라.

· 자신의 기획이 예술을 훼손시키고 예술가를 소모시키는 일이 되지 않게 하라.

· 기획하고자 하는 일을 완벽히 이해하고 가치를 인식하라. 모든 손실은 분

명하지 않은 의도에서 비롯된다.

· 기획에 있어 사회와 나라, 그리고 세계에 이익이 되게 하라. 이를 버릴 때부터 길은 비뚤어지게 마련이다.

· 기획함으로 이름을 빛내려 하지 마라. 진정한 명예란 결코 쫓는 사람에게 붙들리지 않는다.

· 자신의 발전을 항상 꾀하라. 그러나 지식에 빠지지는 마라. 지식이 부족하면 보충하되 과잉하거든 신중하라.

· 앞서가는 예술가를 가까이 하라. 그러나 무모한 예술가는 멀리하라. 앞서감과 무모함이 백지 한 장 차이임을 항시 기억하라.

· 대중과 목마름을 같이 하라. 대중의 취향을 탓함은 대체로 질적인 면에서의 결함이나 홍보의 실패를 감추려는 짓이다.

· 과정을 완벽하게 하라. 실제가 완벽해질 수는 없기 때문이다.

· 남이 할 일을 자기가 하려 하지 마라.

· 매스미디어를 매수하려 하지 마라. 그보다 항상 매스컴을 돕는 마음을 가져라.

· 비평가에게 아부하거나 또는 그들을 매수하려 하지 마라. 이에 넘어가는 비평가의 글은 결코 참되지 않기 때문이다.

문예회관 CEO로서 행복할 때

나는 기초지자체의 3개의 공연장과 1개의 갤러리, 10개의 연습 공간 및 강좌실을 운영하고 있는 문예회관 관장을 맡고 있다. 기초지자체가 운영하는 문예회관은 한정된 예산으로 지역민을 위한 기획공연과 대관공연, 기획전시와 대관전시, 그리고 문화강좌나 문화예술교육 프로그램을 운영하는 곳이다.

나는 우리 문예회관의 기획 공연이나 전시와 관련하여 우리 직원들에게 주문하는 것이 있다. 공연이나 전시의 규모가 크건 작건 우리가 기획하는 프로그램은 명품을 지향하라고 주문한다. 기획공연이나 전시는 예술성과 작품성이 가장 중요하다. 전문가가 아니더라도 예술성과 작품성이 있어야 관객이나 관람자에게 공감과 감동을 줄 수 있기 때문이다. 예술성과 작품성이 중요하다고 해서 흥행성과 경쟁력을 도외시할 수 없으므로 균형 잡힌 시각이 필요하다. 그리고 다른 문예회관에서 유행처럼 하고 있는 공연이이나 전시가 아닌 차별성과 독창성을 갖추어야 한다고 주문한다. 그래야만 홍보와 마케팅의 수단이 될 수 있기 때문이다. 또한 해당 공연이나 전시가 우리 문예회관의 설립목적과 미션에 적합한 공연인지, 그리고 시기적절한 공연이나 전시가 될지 고민해 보라고 주문한다. 적합한 시기에 공연이나 전시를 기획하고 실행하여야 최대의 효과를 창출할 수 있기 때문이다.

문예회관을 운영하고 있는 관장으로서 가장 행복한 시간이 있다. 지역 주민들이 우리가 고심하여 기획한 공연을 관람한 뒤, 행복한 표정으로 공연장 문을 나서며 돌아가는 모습을 지켜볼 때 그렇다. 그리고 우리 문예회관이 기획한 전시를 보기 위해 우리 갤러리를 찾은 지역 주민들이 전시된 작품을 행복한 표정으로 지켜보고 있는 것을 바라볼 때 그렇다. 진정한 행복은 내가 의도하거나 행한 일로 인하여 사람들이 행복해하는 것을 지켜볼 때가 아니겠는가?

고(故) 최고은 작가가 남긴 마지막 쪽지

얼마 전 모 문화관련 기관의 심의에 참석한 적이 있었다. 심의가 끝나고 심의위원들과 함께 식사를 하며 문화계에 일어나고 있는 일을 화제 삼아 이야기를 나누고 있던 한 명문 예술대학의 모 교수께서 자신이 몸담고 있는 대학의 학생들에 대한 이야기를 탄식하듯 털어 놓았다. 예전에는 학생들이 교수님께 자신의 장래나 진로에 대한 상담을 곧잘 청하곤 했는데 요즘에는 그런 일은 찾아보기 힘들고 아예 마음의 문을 닫아 버린 것 같다는 것이었다. 자신이 느끼기에는 학생들이 "당신들이 우리들의 장래에 대하여 무슨 답을 내놓을 수 있겠는가?"라는 냉소적인 표정으로 교수들을 바라보고 있다고 느껴진다는 것이었다.

그리고 "매년 거듭되는 일이지만 올해만 해도 자신의 대학에 3명이나 되는 학생들이 자살을 하였다"고 안타까운 소식을 전해주었다. "자살의 이유가 무엇이냐?"는 좌중의 질문에 "학생들이 졸업 후에 갈 곳이 없다는 것이 문제"라 답하면서 "미술계열 학생만 하더라도 졸업 후에 극소수의 학생만 자신의 전공 영역으로 생계를 꾸려 나갈 수 있지, 나머지는 졸업과 동시에 백수 신세로 전락해 버립니다. 타 계열 예술계 대학생의 경우도 별반 다르지 않습니다."는 것이었다.

정말 답답한 일이다. 사회에는 순수예술을 전공한 예술계 졸업생들이 일할 만한 자리가 거의 없는 것이 현실이다. 순수예술을 하며 살아가기 위해서는 전업 작가나 공연예술가로 살아가야 하는데, 피땀 흘려 만든 그들의 작품이 정당한 가격에 팔려야, 혹은 그들의 공연예술을 정당한 관람료를 지불하고 보아주는 관객들이 있어야 생계를 꾸려갈 수 있는데 현실은 그렇지 않다.

2011년 1월 병고와 굶주림에 시달리다 숨을 거둔 고(故) 최고은 작가의 외로운 죽음이 계기가 되어 '예술인 복지법'이 제정되어 예술인들에 대한 처우와 복지가 개선은 되었지만, 여전히 순수예술을 하는 작가들은 춥고 배가 고프다. 고(故) 최고은 작가가 마지막 남긴 쪽지는 아직도 가슴을 먹먹하게 한다.

"사모님, 안녕하세요. 1층 방입니다. 죄송해서 몇 번을 망설였는데… 저 쌀이나 김치를 조금만 더 얻을 수 없을까요… 번번이 정말 죄송합니다. 2월 중하순에는 밀린 돈들을 받을 수 있을 것 같아서 전기세 꼭 정산해 드릴 수 있게 하겠습니다. 기다리시게 해서 죄송합니다. 항상 도와주셔서 정말 면목 없고 죄송하고… 감사합니다."

순수예술로 살아가는 예술가들은 살기 위하여 발버둥치다 한계점에 다다르면 자신의 예술을 포기하고 진로를 바꾸게 된다. 그러나 때는 너무 늦었다. 그들 중 대다수는 아무 준비도 되어 있지 못하다.

순수예술은 예술의 샘과 같은 것이다. 또한 이 시대를 살아가는 사람들의 영혼을 맑게 해주고, 순수하고, 건강하게 해주는 원천이다. 순수예술이 쇠약해지면 당대를 살아가는 사람들의 마음도 각박해진다. 물론 대중예술도 함께 병들게 된다. 그렇기 때문에 자생력이 약한 순수예술은 당연히 국가가 보호, 혹은 육성해 주어야 한다. 국립은 물론 광역 및 기초 지자체 단위로 지금보다 더 많은 국공립 예술단체를 만들어 일자리를 만들어 주는 한편, 제도권 학교 학생들과 광역, 혹은 기초지자체 시민들을 대상으로 하는 예술교육 인력으로 일자리를 만들어 주어야 한다.

그러나 그것도 재원의 한계가 있기 때문에 유일한 해법이 될 수 없다. 그러면 어떻게 해야 할까? 중·고등학교 시절부터 예술을 지망하려는 학생들에게 '예술의 길은 험난하며 배고픔이 기다리고 있다'는 것을 정확하게 알려줘야 한다. 그럼에도 불구하고 학생들이 예술대학에 진학하게 되면 저학년부터 사회의 예술현장에 대한 정확한 실태 및 정보를 지속적으로 제공해 주고, 재학생들이 다양한 직종으로 진로를 변경하여 선택할 수 있도록 충분한 정보 제공을 해주어야 한다. 또한 그에 대한 준비를 체계적으로 할 수 있도록 복수 전공 선택 등 다양한 교육과정을 운용해야 한다.

다시 말해 '길은 외줄기'만 있는 것이 아니라 수십 갈래 다양한 길이 있다는 것을 알려줘서 자살과 같은 극단적인 선택을 하지 않도록 해주어야 한다. 예술계 대학 재학생들이 교수님들에게 마음을 닫아 버린 것도 제자들의 미래를 위하여 나서지도 않고, 무엇 하나 해주는 것도 없는 교수님들에게 실망해서가 아닐까?

'Me Too' 사태를 지켜보며

　모 여성 검사가 자신이 속한 검찰 조직 내에서 성추행을 당했던 사실을 언론에 폭로하여 전 국민이 알게 된 사건은 국민들에게 큰 충격을 안겨주었을 뿐만 아니라 사회적으로도 큰 파장을 가져왔다. 그 여검사는 법무부 고위간부로부터 성추행을 당한 후 내부에 그 사실을 호소하고 처리되기를 기다렸으나 개선되기는커녕 인사 불이익까지 당하여 언론에 폭로하기로 결심하였다고 한다.

　그 일이 있은 후 먼 외국의 일로만 여겼던 '미투(Me Too)' 사태가 우리나라에도 불붙기 시작하였다. 'Me Too' 운동은 이제 검찰을 넘어 정치·문학·연극·대학·연예·국악계 등 사회 전반으로 확대되고 있다. 이것은 일부 특수한 조직 집단의 병폐가 아니라 우리 사회 각계에

만연된 병폐라는 점을 확인하는 것 같아서 우리를 더욱 우울하게 한다.

성추행 사실이 있은 지 한참 지났는데 이제와서 폭로를 하는 데는 다른 저의가 있는 것이 아니냐는 부정적 시각도 있지만, 이러한 사태를 지켜보는 시민들의 대체적인 반응은 용기 있는 행동이라 평가하는 분위기이다. 사실 사회 전반에 이러한 잘못된 비행들이 비일비재하였으나 쉬쉬하고 덮고 가거나 묵인되어 온 것이 사실이다. 나를 포함하여 그러한 사실을 알고도 쉬쉬하는 분위기에 동참했다면 어찌 보면 공범이나 다를 바 없다는 점에서 반성할 점이 크다.

내가 속한 전통공연예술계에서도 일부이지만 그러한 일들이 대물림되어 왔다. 과거에는 전통공연예술 교육이 도제식 교육으로 이루어지는 특성을 갖고 있고 주로 밀폐된 공간에서 전수 교육이 이루어지기 때문에 스승이나 선배들로부터 성추행을 당하는 일들이 비일비재하였다. 그러한 추행에 이의를 제기한다는 것은 선생님의 문중에서 파문되는 것은 물론 더 나아가 전통공연예술계를 떠날 각오가 서지 않는 한 있을 수가 없는 일이었기에 그러한 파렴치한 일이 가능했던 것이다.

이번에 폭로되고 있는 성폭행의 유형을 살펴보면 단순한 성적 욕구에서 빚어진 일이 아니라 각 조직 내 강자와 약자, 즉 상하 관계에서 벌어진 권력형 성폭력 사태였다는 것이 마음 아프게 한다. 조직 내 권력관계에서 벌어진 일이라 선뜻 폭로하거나 고발하기에 주저할 만한 이유가 적지 않았을 것이다.

쉽게 폭로하거나 고발하지 못했던 이유를 살펴보면 만약 폭로를 하였을 때 자신이 속한 조직에 피해가 갈까 봐, 막강한 권력을 가진 가해자로부터 자신이 직접적인 피해를 받거나 조직 내에서 불이익을 당할까 봐, 혹은 폭로를 했을 시 사회가 자신을 지켜주기는커녕 오히려 자신을 문제 있는 여성으로 치부해 버릴까 봐 고통을 감수하며 숨죽이며 살아올 수밖에 없었을 것이라는 분석이 지배적이다.

사후약방문 식일지는 몰라도 재발방지가 그 무엇보다도 중요하다. 저 일은 불행한 일이지만 사회전반의 그릇된 문화가 일신하여 개선될 수 있는 좋은 기회로 활용해야 한다. 그러기 위해서는 이번에 지목된 인사들뿐만 아니라 지탄을 받을 만한 행동을 자행한 사람들을 발본색원해야 할 것이다. 그러기 위해서는 정부 차원에서 피해자들이 마음 놓고 상담을 하고 신고할 수 있는 기구를 만들어야 할 것이다. 문화체육관광부가 문화예술계 성폭력 사태와 관련해 분야별 신고·상담지원운영센터를 운영하겠다고 밝힌 것은 매우 잘한 일이다.

거듭 강조하지만 재수 없고 힘없는 사람만 처벌 받고 약아빠진 사람과 강력한 권력과 재력을 가진 사람은 빠져나가는 일이 없도록 해야 할 것이다. 재발 방지를 위해서라도 성폭행이나 성추행을 저지른 인사들이 단순히 사과하고 넘어가는 식으로 끝내서는 안 되며, 반드시 엄중한 사법 처리를 하여 이런 일이 중대한 범죄라는 인식이 정착되도록 강력하고도 지속적인 제도적 조치를 취해야 할 것이다. 또한 용기 있게 'Me Too'에 참여한 고발 여성들을 보호해줄 수 있는 철저한 보호시스템을 만들어야 할 것이다.

마지막으로 이번 일을 지켜보면서 내가 경계하는 일은 이번 성폭력 가해자들이 속해 있는 모든 구성원들이 속물 집단으로 매도되는 분위기이다. 그렇게 보아서는 안 된다. 그것은 마치 어느 지역 사람은 어떻고, 또 어는 지역 사람은 어떻다는 식으로 매도해 버리는 것과 같다. 어떠한 집단이나 지역에 속해 있든 간에 형편없는 인성을 가진 사람도 있고 훌륭한 품성을 가진 사람도 있게 마련이기 때문이다.

문화예술계의 촛불혁명

"이게 나라냐?"라는 절망어린 탄식과 함께 변화와 개혁을 갈망했던 촛불혁명은 새로운 정부를 탄생하게 하였다. 그만큼 국민들은 새 정부에 대한 기대가 컸다. 촛불을 든 국민들이 새 정부에 바랐던 것은 변화와 개혁을 통하여 나라다운 나라를 만들어 달라는 것이었다. 그러나 문화예술 현장을 가보면 새 정부가 들어섰음에도 불구하고 이전 정부 때와 별로 달라진 것을 느낄 수 없다고 불평을 하는 사람들이 의외로 많다.

새 정부가 들어서면 문화체육관광부 산하 기관장들이 참신하고 개혁적인 인사들로 채워질 것으로 기대했다. 하지만 구태의연한 과거의 인사들이 아직도 버젓이 활동하고 있고, 개중에는 문화예술계 종사자들이 개혁의 대상으로 생각하는 인사도 있어, 많은 문화예술계 종사자들은 새 정부의 인사 정책에 실망하는 분위기가 역력하다. 기관을 운영하는 데는 그 기관을 이끌어나갈 리더가 어떤 역량을 갖추고 있는지, 어떤 책무감과 도덕성을 갖고 있는지가 가장 중요하다는 것이 일반적 상식이기 때문이다.

이명박 정권이 출범하였을 당시 문화체육관광부 장관이 전 정부에서 임명한 산하 기관장들에게 물러나도록 대놓고 압박을 하던 것을 대부분의 예술인들은 기억하고 있다. 소위 정부와 코드가 맞지 않는 산하 기관장을 물러나게 할 목적으로 특별감사를 벌인다든가, 혹은 대놓고 압박을 하는 일이 비일비재하였다. 그것은 결코 옳은 일이 아니었다.

문화체육관광부 산하 기관장들은 엄연히 임기가 정해져 있다. 전 정부에서 임명된 기관장들이 새 정부가 들어섰으니 모조리 물러나도록 하는 것은 권력 남용이고 그러한 행위 자체가 분명 적폐이다. 내가 알기로는 새 정부에서는, 적어도 문화체육관광부에서는 전 정권에서 자행된 적폐에 해당하는 그러한 일은 반복하지 않으려는 의지가 강한 것 같다.

현 정부의 입장이 그렇다면 아주 잘 하는 일이다. 그러한 기조 속에서 문화체육관광부의 입장도 당연하고 옳은 일이지만, 한편으로 문화예술계 종사자들은 변화와 개혁의 모습을 빠른 시일 내에 보고 싶어 한다. 그렇기 때문에 문화예술계 종사자들이 이해할 수 있는 해답을 문화체육관광부는 다양한 방법을 통하여 표명해야 한다.

문화체육관광부의 〈블랙리스트 진상조사 및 제도개선위원회〉가 발족한 이후 국가의 각종 문화예술 지원사업의 투명성이 확연히 개선되었다는 것은 사실이다. 문화예술계 종사자들은 나라다운 세상, 변화와 혁신의 모습을 보고 싶어 한다. 그런 그들이기에 새 정부 들어서 2년 가까이 기다려 보았어도 전 정권에서 임명한 기관장들이 변화와 혁신 없이 그대로 자리를 지키고 있는 것에 실망감을 갖고 있다.

물론 전 정권에서 임명한 기관장들이라고 모두가 변화와 개혁의 대상은 아니다. 그들 중에는 끊임없는 조직의 혁신과 변화를 꾀하는 인사들도 있을 것이다. 하지만 이전 정부 시절에 비하여 창작환경이 더 개선되었다거나, 문화예술을 중시하는 환경이 더 나아졌다는 것을 체감할 수 없다는 것이 다수 문화예술계 종사자들의 중론이다. 대다수 종사자들은 "도대체 문화체육관광부는 무엇을 하고 있나? 정권이 바뀌어도 그 나물에 그 밥"이라는 자조 섞인 실망감을 표현하고 있는 것이다. 대통령께서 남북문제와 경제현안 등으로 챙겨야 할 일이 많으신 것은 이해하겠지만, 취임 후 지금까지 문화예술 현장에 들러 예술인들의 어려운 사정도 경청해 주시고 다독여 주시는 모습이 없었다는 점을 서운해 하는 예술가들도 많다.

전통예술계의 분위기는 더욱 심각하다. 발표된 새 정부의 예술정책을 아무리 뒤져봐도 정부의 전통예술 진흥을 위한 개혁과 변화의 의지가 보이지 않는다는 여론이 팽배하다. 새로 수립된 〈문화비전 2030〉이나 〈2018 문체부 업무계획〉을 살펴보면 전통예술 진흥을 위한 정책이 다루어지긴 했어도, 전통예술계의 기대치에 훨씬 못 미친다는 것이 중론이다. 예를 들면 전통예술 진흥을 위한 컨트롤 타워도 부재하고, 진흥을 위한 중장기 종합 대책도 없다는 것이다.

촛불혁명은 다수 문화예술계 종사자들이 포함된 국민들의 염원으로 탄생했다. 하지만 그들 중 상당수는 개혁과 변화에 여전히 목말라 하고 있다. 우선순위에서 늘 밀리다보면 현 정권이 끝난 다음에도 목마름은 계속 될 수 있다는 우려가 팽배해 있다. 문화예술계의 촛불혁명은 언제까지 기다려야 하나? 아니면 또 불발로 미완의 혁명이 될 것인가? 이런 우려와 목마름을 해소할 수 있도록 문화체육관광부의 가시적인 변화와 소통을 기대한다.

이 시대에 왜 연극
'시인 백석을 기억하다'인가?

지난해 말 우리 노원문화예술회관에서는 연극 '시인 윤동주를 기억하다'를 창작·제작하여 올렸다. 대부분의 지역 문예회관이 기획공연이라는 명칭으로 많은 공연을 올리고 있지만, 그 안을 들여다보면 공연 기획사가 제작한 공연을 제안 받아 무대에 올리는 것이 대부분이다. 지역 문예회관의 재원부족 등 여건상 그러한 관행을 따를 수밖에 없는 것이 현실이지만 그래도 지역 문예회관이 예술가들의 창작 산실의 역할도 해야 한다는 것이 나의 지론이다.

우리 노원문화예술회관이 지난해 제작한 창작 연극 '시인 윤동주를 기억하다'를 보자. 이는 모진 풍파 속에서도 독립한 나라를 희망하는 마음으로 죽음의 나락에 빠진 민족을 사랑했고, 자신에게 주어진 길을 걸어가며 한 몸을 민족의 제단에 제물로 바쳤던 서정시인 윤동주 서거 100주년을 기념하려는 목적도 있었지만, 제작 극장으로서 노원문화예술회관의 브랜드와 역할을 지키려는 목적도 있었다.

그런 마음으로 올해도 지난해에 이어 연극 '시인 백석을 기억하다'를 제작하여 올린다. 이번 연극 안에는 시인 백석과 기녀 '자야'의 지고지순하고 서글픈 사랑도 그려져 있지만, 법정스님의 말씀에 크게 깨우쳐 천억 원을 호가하는 자신의 요정 '대원각'을 법정 스님께 아무 조건 없이 시주하여 오늘의 '길상사'가 있게 한 대원각 주인 보살 길상화 '자야'와 말과 글과 행동이 일치한 삶을 살다 가신 이 시대의 소금과 같은 법정스님의 고매한 모습이 그려져 있다. 그래서 올 초부터는 틈만 나면 이 세 사람의 숙명적인 인연이 서려있는 성북동에 소재한 길상사에 들러 백석과 자야, 그리고 법정스님을 떠올리며 뜨락을 거닐면서 세 사람의 숙명적인 관계를 연극으로 풀어가고자 하였다.

시인 백석(1912~ 1996)은 1936년 시집 '사슴'으로 문단에 데뷔하였다. 방언을 즐겨 쓰면서도 모더니즘을 발전적으로 수용한 토속적이고 향토색이 짙은 시를 쓴 일제 강점기의 대표적인 시인이다. 시인 윤동주가 가장 존경하고 좋아했던 시인으로, 윤동주의 시를 읽다보면 백석의 시가 보인다.

시인 백석은 일제 강점기에 조선일보 출판부에서 일하다 사직하고 함흥 영생고보에 교사생활을 하다 함흥권번에 기녀로 있던 자야와 숙명적으로 만난다. 그들은 곧 깊은 사랑에 빠졌으나 부모의 반대에 부딪힌 백석은 고향 평북 정주로 돌아가 부모가 정해 준 여인과 결혼하게 된다. 이에 상심한 자야는 훌쩍 서울로 떠나고, 그것을 모르던 백석은 자야를 만나기 위해 함흥을 다시 찾아 갔으나 끝내 자야를 만나지 못한다. 백석은 8·15 광복 후 고향 평북 정주에 머무르다 남북이 분단되어 북에서 살다 1996년 세상을 떠난다. 그들의 사랑은 그렇게 끝이 나게 된 것이다. 이후 자야는 남에서 성공하여 요정 대원각을 운영하게 된다. 자야가 "나의 전 재산이 백석의 시 한 줄 보다 못하다"라는 말을 자주 했던 것으로 미루어 평생 백석을 그리워하며 지냈던 것 같다.

자야의 본명은 김영한(1916~1999)이다. 김영한은 정규 교육을 받은 인텔리 여성으로서 문학은 물론 여창가곡, 궁중정재에 능한 기예를 갖춘 권번 출신이었다. 말년에는 요정 대원각을 운영하던 중, 평생을 무소유의 정신과 구도의 마음으로 언행이 일치된 삶을 살다 이 시대의 사표가 되신 법정 스님(1932~2010)과 운명적으로 만나게 된다.

법정 스님은 승려이자 수필가로서 '무소유의 정신'인 그의 사상은 저서를 통해 우리에게 알려져 있다. 자야도 법정스님의 저서에 크게 감동받아 자신의 전 재산에 해당되는 대원각을 법정스님에게 시주하였고 법정스님은 대원각을 오늘날의 길상사로 만들었던 것이다.

내년에는 김소희, 박귀희, 한승호, 장월중선 등 판소리 명창들을 길러낸 국창 박동실(1897-1968)의 외손자이자 한국의 전통선율을 대중음악 속에 깊숙하게 깔아놓은 '하얀나비', '이름 모를 소녀', '날이 갈수록', '저 별과 달을', '달맞이 꽃', '님' 등 주옥같은 명곡을 작곡하여 부르다 요절한 천재 가객 김정호의 생을 재조명한 음악극 '가객 김정호를 다시 부르다'를 창작·제작하고자 준비에 들어갔다.

간절하면 통한다고 했나? 나는 그 말을 믿는다. 올 초 배우이자 연출가인 김도형 노원연극협회 회장을 만나 연극 '시인 백석을 기억하다'의 연출을 간절한 마음으로 부탁하였다. 김도형 감독의 뛰어난 연출력과 배우들의 열정과 나의 이 간절함이 더해져 관객들의 마음을 뜨겁게 하리라고 믿는다.

우리에게도 빙등축제(氷燈祝祭)가 있었다

얼마 전 음력 섣달 그믐날을 보내고 정월 초하루 우리의 설날을 맞이하였다. 음력 12월을 섣달이라고도 부르고, 그 마지막 날을 섣달 그믐날이라고 한다. 우리 조상들은 섣달 그믐날을 제석(除夕), 제야(除夜)라고도 하였다. 요즘은 매년 양력 12월 31일 밤 자정이 되면 종로 보신각에서 한 해가 끝나고 새해를 맞이하는 제야 타종 행사가 열린다. 어릴 때 어른들이 요즘도 섣달 그믐날 밤에 잠들면 눈썹이 하얗게 센다고 하셔서 잠을 자지 않으려고 눈을 부비며 버티다 잠이 들어버려 아침에 깨면 어른들이 분가루나 밀가루를 눈썹에 발라 놓은 것도 모르고 눈이 하얗게 세어버렸다고 울상을 짓던 추억을 가진 분들이 많을 것이다.

우리나라의 연중행사와 풍속들을 정리하고 설명한 조선조 문신 홍석모(洪錫謨)의 저서 '동국세시기(東國歲時記)'(1849)를 살펴보면 섣달 그믐날이 되면 초저녁부터 날이 밝을 때까지 거리에 등불을 줄지어 켜놓고 궐내에서는 제야에 역질(疫疾) 귀신(鬼神)을 쫓는 행사로 징과 북을 울리며 대포를 쏘아대는데 이것을 '연종포(年終砲)'라 하였다. 옛날 일반 민가에서는 섣달 그믐날 밤에 다락, 마루, 방, 부엌에 등잔불을 켜 놓고 흰 사기 접시에 실로 심지를 만들어 그곳에 기름을 붓고 불을 붙여서 외양간, 변소까지 대낮 같이 밝게 하고 화로를 가운데 놓고 둘러앉아서 밤을 지새우며 새해 아침을 기다렸다고 한다. 이 풍속을 '수세(守歲)'라고 하였다. 아마도 새해의 복이 집안 구석구석까지 찾아 들라는 뜻이었을 게다. 부녀자들도 설날 아침 차례를 지낼 새 찬(饌) 준비로 밤을 지새웠을 것이다. 새 찬은 가족과 세배하러 오는 손님용으로 쓰이는 것은 물론 이웃의 노인과 가난한 이웃 사람에게 보내주었다고 한다. 미풍양속이 아닐 수 없다. 이렇게 우리 조상님들은 공동체 안에서 서로를 아끼고 배려하는 따뜻한 인간미를 중시하셨으며 지혜가 담긴 미풍양속을 실천하였던 것이다.

지난 2월 5일 중국 헤이룽장성(黑龍江省) 수도 하얼빈에서 열렸던 '2019 하얼빈 빙등제(哈爾濱 氷燈祭)'가 성황리에 끝났다. 올해로 34

회를 맞는 '하얼빈 빙등제'는 매년 100만 명 이상의 입장객에 입장료 수입만 한 해 500억 원 이상을 벌어들이는 지역 최대 행사로 유명하다. '하얼빈 빙등제'는 매년 1월 5일부터 2월 5일까지 개최되는데 이제는 '퀘벡 윈터 카니발', '삿포로 눈축제'와 함께 세계 3대 겨울축제로 각광을 받고 있다. 개최 기간에는 전 세계의 유명 얼음조각가들이 모여들어 영하 20℃ 이하의 추운 날씨에서 얼어붙은 쑹화강(松花江)의 단단하고 하얀 얼음을 이용하여 세계의 유명 건축물이나 동물·여신상·미술품 등의 모형을 만들어 전시한다. 오후 4시 이후에는 얼음조각 안에 오색등을 밝혀 신비하고 아름다운 장관을 연출해, 건축·조각·회화·춤·음악 등이 고루 어우러진 예술 세계를 보여준다.

그런데 얼음에 불 밝히는 빙등제(氷燈祭)는 중국 하얼빈의 전유물이 아니라 우리나라의 평안도, 함경도의 풍속이기도 했다. '동국세시기'에 따르면 섣달 그믐날이면 함경도에서는 빙등(氷燈)을 설치하는데 그 모양은 마치 둥그런 기둥 안에 기름심지를 박은 것 같다고 했다. 악귀를 쫓고 마을의 안녕과 개인의 건강과 행복을 축원하는 뜻에서 빙등의 심지에 불을 켜놓고 밤을 세워가며 북을 치고 징을 울리며 나팔을 불고, 가면을 만들어 쓰고 춤을 추며 고을 관아의 안이며 고을을 두루 돌며 노는 나희(儺戲)를 행했다고 한다. 이 놀이를 청단

(靑壇)이라고 했다. 또 평안도 풍속에서도 빙등을 설치하며 그밖에 도(道)와 주읍(州邑)에서도 각기 그 고을 풍속대로 연말의 놀이 행사를 했다고 한다.

지난 1월 27일 '2019 화천산천어축제'도 많은 관광객들이 참여한 가운데 성황리에 끝났다. '화천산천어축제'는 강원도 화천군이 북한 강 상류에 있는 화천군의 청정 환경을 산천어와 연결하여 빙판으로 변한 화천천(川)에서 체험행사와 볼거리로 펼치는 겨울철 이색 테마 체험축제이다. 2003년부터 시작된 이 축제는 빙판이 된 화천천에서 얼음을 깬 구멍으로 견지낚싯대나 소형 릴낚싯대로 초보자도 쉽게 산천어를 잡을 수 있고, '눈썰매 타기', '얼음썰매타기', '눈던지기 경기', '빙판 인간새총', '빙판골프', '빙판골넣기', '인간컬링', '눈사람만들기 대회', '사진 콘테스트' 등 다채로운 부대행사도 펼쳐져 가족 관람객에게도 인기가 있어 이제는 한국의 대표 겨울축제로 성장하였다. 물론 이러한 자연환경을 활용한 겨울 체험축제도 나름대로 의미 있는 축제이지만, 우리의 전통적인 민속놀이와 미풍양속을 활용한 겨울축제로서 빙등축제(氷燈祝祭)를 시도해보는 것은 어떨까?

상주단체 선정 유감

　'2019 서울문화재단 공연장 상주단체육성 지원사업' 최종 심의결과가 발표되었다. '공연장 상주단체육성 지원사업'은 한국문화예술위원회의 문화예술진흥기금(국고보조금)과 서울시 지방비가 매칭되어 운영되는 사업이다. 올해는 연극 17개 단체, 무용 11개 단체, 음악 15개 단체, 전통예술 8개 단체까지 총 51개 단체가 신청하였고, 그중 연극 8개 단체, 무용 4개 단체, 음악 6개 단체, 전통예술 4개 단체로 총 22개 단체가 선정되었다. 이보다 훨씬 많은 서울시의 예술단체들이 상주단체를 신청하고 싶었을 것이나 공연장의 선택을 받지 못해 신청의 문도 두드려 보지 못했다. 공연장의 선택을 받아 신청한 단체들이라 할지라도 22개 단체(43%)만이 선택을 받아 공연장 상주단체로서 안정된 창작 기반을 제공 받았다.

'공연장 상주단체육성 지원사업' 선정 여부는 지원한 공연예술단체 뿐만 아니라, 공연예술단체와 매칭이 된 자치구 문화예술회관 공연장에서도 초미의 관심사다. 왜냐하면 자치구 문예회관 공연장과 매칭된 공연예술단체가 상주단체로 선정되어야 서울문화재단으로부터 재정적 지원을 받게 되어 선정단체의 공연제작 및 발표에 결정적 기여를 하게 되고, 나아가 상주단체의 발표공연 증대로 지역민의 문화 향유의 기회가 그만큼 더 늘어나게 되고, 더불어 공연장의 가동률도 높아져 공연장의 활성화에 크게 기여하기 때문이다.

서울시에는 25개 자치구가 있다. 올해에는 25개 자치구 중 14개 자치구에만 상주단체가 선정되었다. 이러한 결과는 지난해 13개 자치구에만 선정된 것과 비슷하다. 지난해에도 이러한 문제점에 대한 이의 제기에 "서울 지역의 꾸준한 예산 확보를 통하여 보다 많은 공연장, 공연단체가 지원받을 수 있도록 노력하겠습니다."라고 한 서울문화재단 측의 공식 답변은 허언이 되어 버렸다.

올해에는 노원, 도봉, 강북, 중랑, 종로, 동대문, 강서, 금천, 동작, 양천, 중구 등 11개 자치구 문예회관 공연장은 단 하나의 상주단체도 선정되지 않았다. 그리하여 '빈익빈 부익부' 현상은 지난해와 마찬

가지로 올해에도 계속되었다. 상주단체가 무려 3개 단체나 선정된 자치구는 구로구가 유일하지만, 2개 단체가 선정된 곳은 마포, 은평, 관악, 광진, 성동, 강동구로 6개 자치구이다. 1개 단체만 선정된 곳은 강남, 서초, 성북, 영등포 용산, 서대문, 송파구이다. 문제는 25개 자치구 중에 14개 자치구에만 상주단체가 집중 선정되고, 11개 자치구에는 한 곳도 상주단체가 선정되지 않아, 11개 자치구의 시민 문화향유 기회가 원천봉쇄 되었다는 점이다. 서울문화재단이 '2019 한국문화예술위원회 공연장육성지원사업 지원심의 운영규정'을 거시적으로 보지 않고 미시적으로만 해석한 것이 아닌가 하는 인상을 지울 수가 없다.

한국문화예술위원회 '2019년도 공연장상주단체육성지원사업 세부지침'에 명시된 심의원칙 및 심의방법을 살펴보면 '공연단체의 창작역량 및 활동실적' 및 '공연장과 협력프로그램 운영계획' 등을 평가하여 공연단체에 60점, '공연단체와 협력 프로그램 운영계획', '공연장의 협약단체 지원계획', '공연장의 기획 및 홍보 마케팅역량', '공연장의 시설 및 운영 역량' 등을 평가하여 공연장에 40점을 부여하는 등 총 100점 만점으로 선정하도록 되어 있다.

그런데 전통예술의 경우 선정된 4개 단체들의 면모를 보면 소위 잘

나가는 단체들로서 자생력이 굳건한 단체들이고 장기간 공공기관 지원사업의 수혜자들이었다는 점에 전통예술계 종사자들이라면 모두 동의할 것이다. 예술위원회의 심의원칙 및 심의방법에는 '소위 잘 나가는 단체'들을 배제해야 한다는 규정은 없으므로 선정 상 하자는 없을 것이다. 그러나 공연단체에 60점을 부여하지만, 공연장에도 40점을 부여하도록 되어 있으므로, 이미 선정된 단체보다 인지도가 조금 부족한 예술단체라도 공연장 평가 기준에 좋은 평가를 받았다면 구제되었을 것인데 현실은 그렇지 않았기에 너무 우수 예술단체 선정 위주로 매달려 심의한 것은 아닌지 자꾸 의심이 간다. 이렇게 되면 향후 발전 가능한 단체들의 상주단체 진입은 사실상 어려울 것이다. 이러한 폐단을 예방하기 위해서라도 '한국문화예술위원회 지원심의 규정'을 수정·보완하는 것을 심각히 검토해보아야 할 것이다.

한국예술위원회의 심의원칙 및 심의방법에 공연장 당 매칭건수가 최대 3개 단체까지 가능하다고 명시되어 있는데 그러한 기준을 위원회가 제시한 것은 특정한 공연장에 상주단체가 집중되는 것을 경계하고, 가급적 많은 공연장에 혜택이 주어지도록 한 것이라고 생각한다. 그럼에도 불구하고 서울문화재단은 지난해에 이어 올해에도 서울의 절반에 해당되는 자치구들이 상주단체 선정에서 배제되도록 하는 결과를 냈다. 1개 공연장 당 최소 1개 단체 선정이 필수적인 사항은 아니지만 서울문화재단이 서울시의 전체적인 안배에는 무관심하고 한국문화예술위원회의 심의기준을 미시적으로만 준용한 것은 서울시 전역을 소외지역 없이 형평성 있게 지원해야 하는 대표 공익재단으로서 운용의 묘를 살리지 못한 행정력의 부재라고 생각한다. 정말 유감이다.

III

전통예술의 향기

'국악'은 공인된 용어인가?

'국악'이라는 용어를 사용해야 할까? 아니면 '전통공연예술'이라는 용어를 사용해야 할까? 용어 선택을 망설일 때가 많다. '국악(國樂)'을 그대로 풀어쓴다면 나라의 음악을 뜻한다. '국립국어원 표준대사전'에서 국악은 '1. 나라의 고유한 음악. 2. 서양음악에 상대하여 우리의 전통 음악을 이르는 말이다'라고 정의하고 있다. '한겨레음악 대사전'에서는 '우리나라 전통음악의 총칭, 일명 한국음악'으로 명시하고 있다. 사전에 '국악'이라는 용어의 정의가 '음악'에 무게 중심을 두고 있다 하여도 '국악'이라는 용어가 전통음악이라는 장르에 국한 된 것이 아니라 전통무용, 농악, 가면극 등 전통연희를 모두 아우르는 용어라는 것을 우리는 알고 있다.

그러면 왜 '국악'이라는 용어를 사용하게 되었을까? 그 점에 대해서는 '한겨레음악대사전'에서 명확하게 밝히고 있다. 현재 사용되는〈국악〉이라는 용어는 우리나라의 말과 글을 뜻하는 국어(國語)·국문(國文)이라는 말처럼 1907년 일제통감부(日帝統監府)가 교방사(教坊司)를 장악과(掌樂課)로 개칭할 때 악사의 관직을 국악사장(國樂師長)과 국악사(國樂師)로 정한 데서 기원한다. 그 당시 '국악'의 의미는 장악원에서 궁중 의식에 의해 연주되었던 모든 음악 문화의 총칭으로서 궁중 밖에서 연주되었던 풍류방의 정악이나 판소리, 광대나 소리꾼들에 의해서 전승되었던 민속악은 포함되어 있지 않았다. 당시 '국악'이라는 용어는 통감부에 파견된 메가다 다네타로(目賀田種太郎)가 일본의 전통음악을 뜻하는 고쿠가쿠(國樂) 곧 '국악'의 명칭을 소개한 결과물이다. 일제강점기에는 '국악'이라는 말 대신에 '아악(雅樂)' 또는 '조선음악(朝鮮音樂)'이라는 용어가 주로 사용되었는데, 8·15 광복 직후 등장한 국악건설본부(國樂建設本部) 또는 대한국악원(大韓國樂院) 및 국립국악원(國立國樂院)이라는 명칭에 사용됨으로써 국악은 서양음악을 뜻하는 양악(洋樂)의 대칭어로 사용되었다'. 그렇기 때문에 '국악'이라는 용어가 과연 적절한 용어인가에 대해 국악계에서는 늘 논란이 있었으며 지금도 계속되고 있다.

최근에 들어서는 '국악'이라는 용어 외에 전통음악과 전통무용, 가면극 등 전통연희를 모두 아우르고 있는 '전통공연예술'이라는 용어를 많이 사용한다. 2016년도 한국문화관광연구원의 '전통 공연예술 공급중심 중장기발전 방안 기초 연구'에서도 전통공연예술의 개념을 '전국의 전문, 비전문인에 의해 전승된 공연예술분야인 음악, 무용, 연극, 놀이, 의식의 원형 및 이를 기반으로 새롭게 개발, 창작된 공연예술 분야'로 정의하여 국악이라는 용어에 대한 논란을 우회하고 있다. 그리고 '전통공연예술'이라는 용어와 '전통예술'이라는 용어를 혼용해 쓰기도 하는데 '전통예술'은 어감에서는 '전통공연예술'을 의미하고 있으나 이는 '전통시각예술' 및 '전통공예' 등을 포함할 수 있어 정확한 표현이라고 보기는 어렵기 때문에 전통공연예술이라고 정확히 표현하는 것이 좋을 것이다.

불행하게도 국악계는 물론 정부에서도 용어에 대한 합의나 통일이 없다. 국악과 관련이 있는 국가기관들을 살펴보자. 문화체육관광부 조직에 국악의 컨트롤 타워 격인 '공연전통예술과'가 있는가 하면, 민족음악을 보존·전승하고, 그 보급 및 발전에 관한 사무를 관장하는 '국립국악원'이 있다. 국악의 진흥을 지원하는 기관으로 '전통공연예술진흥재단'이 있고 국악의 국민향유와 홍보기능을 맡고 있는 '국악방송'이 있다. 국악에 관한 체계적인 교육과 전문 국악인의 양성에 관한 직무를 수행하는 전문교육기관으로 '국립국악중·고등학교'와 '국립전통예술중·고등학교'가 있다. 전문예술인을 양성하기 위한 예술영재교육 및 체계적인 예술실기교육을 하고 있는 한국예술종합학교에 전통공연예술 인력양성의 핵심 기능을 수행하고 있는 '전통예술원'이 있다. 그리고 각 대학에 똑같은 성격의 '국악과', '한국음악과' 등이 있다. 이렇게 용어가 통일되어 있지 못하다. 국악을 전공으로 한 전문 예인들도 헷갈릴 정도인데 일반인들이 더 헷갈리는 것은 당연하다. 일제강점기로부터 벗어난 때가 70년이 훨씬 넘었는데 우리 민족문화의 정체성이 담겨있는 전통예술 장르의 명칭 통일도 못하고 있는 것이 부끄럽다.

따라서 국악의 주무과인 문화체육관광부 공연전통예술과가 나서서 주관을 하든, 아니면 주무 기관인 국립국악원이 주관을 하든, 공개적인 학술적 검토를 통하여 용어에 대한 명확한 통일안을 만들어 발표하고 각 기관의 명칭이나 학과명을 일관되게 변경해줄 것을 제안한다.

꽃피는 봄날, 〈봉장취〉에 취해

　얼마 전에 전북대 한국음악과 정회천 교수로부터 국악연주 CD 하나를 받았다. 정회천 교수가 연주한 〈최옥산제 함동정월류 가야금산조〉와 〈봉장취〉라는 낯설지만 어디선가 들어본 것 같은 제목의 합주 연주가 담긴 연주 CD였다. 〈봉장취〉라… CD를 받아 들자 궁금증이 이른 봄 아지랑이 피어오르듯 일렁거렸다. 오디오에 CD를 얹어 들어보니 대금과 아쟁, 해금과 가야금, 장고와 징이 오묘하게 어우러지며 흘러나오는 〈봉장취〉는 시나위합주나 산조합주와 닮아 있었으나 그와는 또 다른 미묘한 멋과 흥이 담겨있는 합주곡이었다.

　〈봉장취(鳳將吹)/(鳳長醉)〉는 시나위나 산조합주 연주되기 이전에 등장한 민속합주곡으로서 전라도·충청도·경기도 등 남부지방 사가(私家)의 잔치에서 민간 악공들이나 풍각쟁이들에 의하여 조선조 말기부터 일제강점기를 거쳐 광복 직후까지 연주되어 오던 민속 기악곡의 하나로서 〈봉장추(鳳將雛)〉,〈봉작취(鳳雀吹)〉,〈봉황곡(鳳凰曲)〉 등으로도 불린다.

〈봉장취〉가 기록에 처음 등장한 것은 순조 때의 판소리 중흥자 신재효(申在孝: 1812~1884)가 지은 〈변강쇠타령〉 사설 속에서인데, 풍각(風角)을 하며 걸식(乞食)을 했던 풍각쟁이패인 유랑 악사들을 불러 〈봉장취〉를 연주하게 했다는 사설 내용이 들어있는 것이 최초의 기록이다. 신재효(申在孝)의 〈변강쇠타령〉 속에는 〈봉장취〉가 아니라 〈봉장추(鳳將雛)〉라는 이름으로 등장한다. 〈봉장취〉는 음악의 중간에서 새소리를 흉내 낸다는 뜻에서 붙인 이름이라 한다.

민속음악 학자인 이보형은 풍각쟁이는 크게 퉁소·해금·가야금·북·가객·무동으로 편성이 되고, 작게는 퉁소·해금·북 또는 퉁소·해금 또는 퉁소·쬉과리로 편성되며, 경우에 따라서는 퉁소 또는 해금잽이 홀로 행걸(行乞)을 했으며 이들이 연주하는 악곡에는 흔히 〈니나리가락〉(메나리가락), 〈시나위가락〉(심방곡), 〈봉장취〉가 있다고 밝히고 있다.

〈봉장취〉는 일제강점기에 유성기 음반에 취입되어 그 모습을 확인할 수 있다. 일제강점기 피리 명인이었던 유병갑은 1910년대 일본축음기상회의 '닙보노홍'이라는 유성기 음반에 〈피리기러기타령〉을 취입하였다. 이후 1930년대 빅타 스타에 유동초가 〈봉작취〉를, 정해시·김덕진·한성준 등이 〈봉황곡〉을, 박종기·강태홍이 〈봉장취〉를 취입한 바 있다. 일제강점기에 이르러 〈봉장취〉는 풍각쟁이의 음악을 넘어서 독립적인 예술 장르로 정착한 것이었다.

〈봉장취〉의 음악적 특징은 육자백이토리로 되어 있고, 곡에 따라 완전4도와 완전5도 위, 아래로 전조하며, 주로 중중모리나 자진모리 장단을 쓰고, 새울음 소리를 흉내 낸 선율을 들 수 있다. 시나위 보다는 산조에 가까운 음악으로 산조 음악 형성에 직접적인 영향을 끼쳤다. 독주 또는 합주로 연주하는데, 독주일 경우에는 퉁소나 젓대로 연주하는 경우가 많고, 합주일 경우에는 퉁소와 해금 또는 젓대·피리·해금·가야금 등으로 장고의 장단에 맞추어 연주한다. 〈봉장취〉는 음악만으로 연주하는 경우와 이야기체인 아니리를 섞어 가며 고니 이야기를 연출하는 경우가 있다.

〈봉장취〉는 광복 후에도 풍각쟁이들에 의해 전승되었지만, 산업화 및 도시화 등의 경향으로 풍각쟁이가 사라지면서 그 음악 또한 자취를 감추었다. 그러나 1987년 11월 대학로 문예회관 무대에서 대금 명인 이생강 선생과 아쟁의 윤윤석 명인, 해금의 전태용 명인, 장고의 이성진 명인, 문일 선생의 징, 정회천의 가야금 즉흥합주곡으로 재현하여 연주되었던 것이다. 당대의 명인들이었기에 가능했던 재현이었다.

1987년 당시의 매우 귀중한 공연실황 녹음 음원 자료를 이번에 정회천 교수가 CD에 담아 나에게 전해준 것이었다. 〈봉장취〉는 1987년 이후에는 연주된 적이 거의 없다. 이 곡을 연주할 수 있는 연주가가 거의 없기 때문이다. 늦은 감이 있지만 지금이라도 선대들이 물려준 귀중한 악곡이자 무형문화유산인 〈봉장취〉를 보존하고 전승할 수 있는 기반을 만들어야 한다. 아름다운 꽃들이 흐드러지게 피는 봄날, 〈봉장취〉에 다시 취해 볼 수는 없을까?

깡깽이

상대방이 허무맹랑한 이야기를 하거나, 들을 가치가 전혀 없는 소리를 할 때, '거지 깡깽이 같은 소리'를 한다고 나무라는 말을 가끔 듣곤 한다. 혹은 하는 짓이 경우에 맞지 않는 일을 일삼거나 하찮은 짓을 일상으로 삼는 사람을 비하하여 말할 때, '거지 깡깽이 같은 놈'이라고 욕을 하는 소리도 듣곤 한다.

'깡깽이'가 무엇일까? 단적으로 말하면 전통 국악기 중 하나인 해금을 지칭하는 말이다. 옛날에는 해금을 '깡깽이', '깡깡이', '앵금'이라고도 불렀다. '깡깽이', '깽깽이', '깡깡이' 라는 속칭은 해금이 내는 우스꽝스러운 코맹맹이 소리에서 연유된 것이다. 국악기에 대해 잘 모르는 분들도 장선우 감독의 영화 '꽃잎'에서 마음을 촉촉이 적시며 흘러나오던 애잔한 국악기의 선율을 기억할 것이다. 그 소리가 바로 해금(奚琴) 소리이다. 원일 작곡의 해금 독주곡이자 영화 '꽃잎'의 주제곡은 96년 대종상 음악상을 수상한 바 있다.

무대에서 펼쳐지는 해금 선율은 때로는 마음을 파고 들어오는 바이올린 소리를 닮아있기도 하다. 또한 걸쭉한 해학과 재담이 넘치는 마당극에서는 우습고도 익살스러울 효과음이 되기도 한다. 이처럼 해금은 듣는 사람의 마음에 따라, 혹은 상황에 따라 그 소리가 묘하게 달라진다.

그런대 왜 '거지 깡깽이'라는 말이 나왔을까? 조선시대에는 걸인들이 '걸립(乞粒)'을 할 때 흔히 해금을 갖고 다녔다고 한다. 구걸의 대가로 연주해 주는 해금 소리가 '깡깡 깽깽' 소리를 닮았다 하여 '깡깽이' 혹은 '깽깽이'로 불렸던 것으로 충분히 짐작할 수 있다. 대문 앞에서, 밥 달라는 차원에서 공연을 하노라면, 집 주인은 그 소리를 듣고 밥이나 먹을거리를 내다 주었기에 그 소리가 그렇게 좋게 들리지만은 않았을 것이다. 그렇게 하여 '깡깽이'라는 별명은 '거지'와 만나게 되었고, '거지 깡깽이 같은 소리'라는 말이 나오게 된 것이다.

요즘은 주로 앉아서 해금을 연주하기 때문에, 해금은 앉아서 연주하는 악기로 아는 분이 많겠지만, 예전에는 서서도 연주하고, 걸어가면서도 연주하였다. 가볍고 부피가 크지 않아 휴대하기도 편리하여 거리악사들이 즐겨 갖고 다녔다. 그러나 해금은 민초들을 대상으로만 하는 악기는 아니었다. 해금은 유라시아 대륙에 퍼져 있는 호궁(胡弓)류 악기로서 고려시대에 우리나라에 들어온 후 궁중음악과 민속음악에 이르기까지 폭넓게 연주되고 있다. 해금은 현악기인데도 연주 현장에서는 관악기로 분류된다. 해금과 친척 간이 되는 해외 악기로는 무엇이 있을까? 중국에는 얼후(二胡)가 있고, 일본에는 고큐(胡弓)가, 몽골에는 일반적으로 마두금(馬頭琴)으로 알려진 '모린호르'가 있다. 모두 뿌리는 하나이다.

해금은 두 줄로 된 찰현(擦絃, 줄비빔)악기로서 크게 몸통, 입죽(立竹), 줄, 활로 이루어져 있다. 몸통은 공명통(울림통)과 공명통의 한 면을 막아주는 복판(腹板), 해금의 두 줄을 고정시키는 감잡이(감자비, 甘自非), 감잡이를 공명통 하단에 고정시키는 주철(柱鐵)과 복판 위에 줄과 공명통의 브리지 역할을 하는 원산(遠山)으로 구성된다. 입죽(立竹)은 공명통에 수직으로 꽂아 세우는 대나무 기둥을 말한다. 입죽 상단의 줄감개인 주아(周兒)에 두 줄(중현, 유현)을 수직으로 걸어 몸통 하단의 감잡이에 고정시킨다. 오른손은 중현과 유현 사이에 활대를 넣어 문질러 소리를 내고 왼손은 두 줄을 한꺼번에 감아 잡고

쥐거나 떼면서 음높이를 조절하여 연주한다.

단가나 판소리 중의 한 대목, 또는 민요 등 구성진 창(唱)과 가야금 연주와 함께 어우러지는 것을 가야금 병창(竝唱)이라 한다. 이때 창(唱)이 주가 되고 가야금은 부가 된다. 가야금 병창 외에도 예전엔 병창도 있었고, 해금 병창도 있었다는 것을 아는 사람들은 그리 많지 않은 것 같다.

현재 우리나라에서 거문고 병창과 해금 병창을 모두 연행할 수 있는 예인(藝人)은 지영희류 해금산조의 명인이자 국가무형문화재 제16호 신쾌동류 거문고산조 예능보유자인 김영재(1947) 명인 밖에 없는 것이 아쉽다. 다행히 젊은 연주가 중 성연영 같은 예인이 해금병창을 연행하며 음반도 내며 창작활동도 하고 있다하니 다행스러운 일이다. 김영재 명인은 누가 뭐래도 가·무·악에 두루 능통한 멀티 플레이어(multi-player)이다. 판소리와 창극, 아쟁산조와 가야금 산조에 두루 능통한 김일구(1940) 명인도 김영재 명인과 예능의 우열을 다툰다면 난형난제(難兄難弟)이다. 한 가지 악기를 연주하기에도 급급해하는 요즘의 국악계에 이들처럼 다재다능한 연주가들을 다시 만날 수 있다면 얼마나 좋을까?

방탄소년단의 음악으로 재창조된 우리 국악

세계적인 아이돌 그룹으로 성장한 '방탄소년단(BTS)'이 2018년 8월 25일 서울 송파구 잠실종합운동장 주경기장에서 4만 5천명의 관객 앞에 섰다. 그 공연은 2017년 9월 '러브 유어셀프 승 허(承 Her)' 발매 이후, 2018년 5월 한국 가수 최초로 빌보드 앨범 차트 정상에 오른 '러브 유어셀프 전 티어(轉 Tear)' 앨범에 이어 '러브 유어셀프(LOVE YOURSELF)' 시리즈의 마지막 앨범이 되는 '러브 유어셀프 결 앤서(LOVE YOURSELF 結 Answer)' 발표 공연이었다. 이 앨범도 공연 직후 빌보드 앨범 차트 정상에 다시 오르는 쾌거를 이룩하여 '글로벌 BTS 신드롬'이 우연이 아닌 현상임을 확실히 증명해 주었다.

방탄소년단이 기존의 아이돌 그룹과 차별화되는 강점이 있다면 그들의 노래 속에는 이 시대를 살아가고 있는 사람들의 자존감을 일깨우는 희망의 메시지가 있다는 것이다. 'LOVE YOURSELF' 시리즈가 제시하는 주제는 '너 자신을 사랑하라(Love yourself)'이다. 상대방에게 근거 없는 우월감을 갖는 것도 문제지만, 자신이 타인들보다 못한 사람이라고 생각하며 사는 것은 더 큰 문제이다. 자기 자신이 상대방에 비하여 못한 것이 아니고 서로 환경과 조건이 다를 뿐이다. 내 자신의 소중함을 인식하고 자기 자신을 사랑해야, 타인의 소중함도 인식하고 인정해 줄 수 있는 것이다. 그런 의미에서 '나 자신을 사랑하는 것이 진정한 사랑의 시작'이라는 방탄소년단이 주는 메시지의 울림은 크다. 이것은 오늘날 세계 각지에서 살아가고 있는 젊은이들에게 방탄소년단이 주는 시기적절한 공감어린 메시지이다.

2018년 BTS의 시리즈 마지막 앨범은 국내외 차트를 석권하며 또 한 번의 돌풍을 일으켰다. 방탄소년단은 서울을 시작으로 '인종과 성별을 떠나 전 세계 사람들과 함께 즐기는 축제'를 위해 해외 16개 도시에서 33회, 79만석 규모의 월드 투어를 시작했다. 미국 메이저리그 '뉴욕 메츠'의 홈구장인 '시티필드 스타디움' 예매 분 티켓 4만석이 조기에 매진됐다고 하니 자랑스럽기만 하다.

특히 해당 공연에서 눈길을 끈 것은 총 26곡이 수록된 2개의 CD

의 타이틀곡 '아이돌(IDOL)'이다. '아이돌(IDOL)'은 사우스 아프리칸 댄스 비트 위에 한국의 국악장단과 추임새를 얹어 트랩 그루브의 랩을 최신 유행의 EDM 소스가 받쳐주는 한국적이면서도 글로벌한 음악이다. '아이돌(IDOL)'은 1993년 가수 서태지가 록 사운드에 태평소 연주를 접목하여 발표한 '하여가'의 연주를 떠올리게 한다. 가장 한국적인 것과 아프리카 리듬이라는 이질적인 요소가 절묘하게 조화를 이룬 음악이었다.

아이돌(IDOL) 후반부에 100여명의 댄서와 함께 춘 군무 장면에서 아프리카 전통 춤인 '구아라구아라' 댄스와 한국의 전통 탈춤이 결합되어 쉽게 따라 하기 쉬운 춤으로 안무된 것도 특징이다. 앨범 발매 즉시 BTS의 춤을 따라하는 커버 댄스 영상이 세계 각국의 트위터 등 SNS 상에 급격하게 올라왔다. 노래 가사의 후렴구에는 '덩기덕 쿵더러러' 같은 국악장단과 '얼쑤 좋다', '지화자 좋다'와 같은 국악가락의 추임새가 흥겹고 자연스럽게 섞여 있어, 우리의 전통예술을 글로벌 대중음악으로 재탄생시킨 것도 특징이다.

또한 이번 앨범의 뮤직비디오도 국내외 문화 요소가 절묘하게 혼합되어 있다. 뮤직비디오에는 열대 사바나 초원과 '호랑이', '북청사자놀이'와 유로 아시안 건축과 한국 전통 양식을 차용한 화려한 세트를 바탕으로 시작부터 끝까지 신나고 흥겨운 분위기를 이어간다. 방탄소년단 멤버들이 세련된 한복을 입은 모습과 서브 컬처의 그래픽 효과가 더해져 색감은 감각적이고 화려하다.

이번 방탄소년단의 앨범에는 전통적인 소재를 활용해 콘텐츠를 생산해 내는 기획자의 아이디어나 기획력이 빛을 발하고 있다. 이 앨범은 전통적인 소재를 더욱 많이 활용하여 콘텐츠를 생산해 낼 수 있다는 가능성을 입증했다. 서구 문화와 차별화된 우리나라만이 갖고 있는 독특한 전통적 원형질의 토대 위에 세계인이 보편적으로 공감할 수 있는 콘텐츠를 확보했다. 서구 공연예술의 구성과 방식을 따라하는 것만으로는 아류의 범주를 벗어나기 어려움을 자각시켰으며, 우리의 전통예술 속에서 소재를 찾아 세계인의 보편적 정서와 공감할 수 있는 작품을 재창조하는데 성공했다. 방탄소년단의 성공은 세계음악 시장에서 우리의 문화산업이 경쟁력을 갖기 위해서 시도해야 할 새로운 모형을 제시했다는 점에서 전통예술을 기반으로 한 대중음악의 세계화에 큰 시사점을 준다.

민속춤이 살아있는
오늘날의 춤이 되기 위해서는

　　미국이나 유럽에 유학을 간 유학생들로부터 흔히 듣는 이야기가 있다. 외국에 가서 공부를 하다보면 현지인들이 각국에서 온 유학생들에게 자기 나라의 전통 음악 연주나 노래, 혹은 춤을 보여 달라고 요청을 하는 경우가 많다는 것이다. 그런데 다른 나라 유학생들은 자기네 전통음악 연주나 노래, 혹은 춤을 흉내라도 낼 줄 아는데 유독 한국 유학생들은 대부분 아무것도 보여주지 못해 난감해 한다는 것이다.

　　5천년 역사를 가진 문화민족의 일원이라는 자부심을 가지려면 우리 전통음악의 기본 장단쯤은 알고 있어 전통음악의 연주나 노래가 흘러나오면 무릎장단쯤은 칠 줄 알아야 되고, 우리 민요나 판소리 한 대목 정도는 부를 줄 알아야 되고, 민속춤의 기본 춤사위 정도는 출 줄 알아야 하지 않을까? 애석하게도 그렇지 못한 것이 현실이다. 이 모두가 유아교육에서 대학교육까지 우리 전통예술 교육이 부재하였거나 매우 비정상적이었음을 반증한다.

요즘 사람들은 간단한 피아노 연주는 할 줄 알면서도 가야금 한 소절도 연주할 줄 모르고, 이탈리아의 대표적 민요 '오 솔레 미오'나 '돌아오라 소렌토로' 같은 칸초네는 목청 높여 부를 줄 알면서도 판소리 단가 하나도 부를 줄 모르며, 차차차, 탱고, 지터벅이나 블루스 같은 사교춤은 멋들어지게 출줄 알면서도 민속춤의 기본 춤사위도 모르고 지내는 것이 현실이다.

민속춤이란 민중들의 생활 속에서 우러나오는 구체적인 삶의 표현이 미적 몸짓을 통하여 표출되는 춤을 말한다. 우리는 과거 학교교육에서 우리 민속춤은 한이 내재된 춤으로 숙명적인 한을 내적 정화를 통하여 승화시키는 특징을 갖고 있다고 배웠다. 하지만 이는 전문 예인들에 의하여 작품화된 살풀이, 승무 등 일부에 국한된 것이지 대부분의 민속춤은 신명과 멋의 춤이며, 고달픈 삶의 극복이요, 희원의 춤이라 할 수 있다.

예를 들어 우리 민중들이 즐겨 추었던 탈춤은 활달하고 신명이 어우러지는 저항의 춤이며 보다 나은 삶을 위한 희원(希願)의 춤이다. 대부분의 우리 민속춤은 세련되고 우아한 춤이 아니라 투박함 가운데 우직함이 있다. 그렇다고 해서 우리 민속춤의 춤사위가 모두 역동적이고 활달한 것은 아니다. 밀양북춤의 경우 호쾌하게 북을 치며 돌다가도 한 손으로 북채를 들고 한 발을 들고 멈춰선 듯 관객을 응시하는 동작에서 꿈틀대는 생동감과 잔잔한 감정의 흐느낌을 느끼게 하여 탄성을 자아내게 하는 것을 보면 우리 민속춤만이 지니는 독창적 전형의 세계를 느낄 수 있다.

우리나라 민속춤은 발동작보다 손동작이 강조된다. 손동작의 뿌리는 팔이 아니라 배꼽 밑 단전이다. 하단전에 모아진 기가 들숨과 날숨의 자연스러운 호흡에 의해 맺고, 풀고, 어르는 형식으로 춤사위를 구사한다. 춤사위는 왜곡되지 않고 자연스럽게 표출되도록 하며, 넘치지도 덜하지도 않는 중용을 지키며 물 흐르듯이 자연스럽게 진행하는 것이 특징이다.

오늘날의 한국인들 중에 한국 민속춤의 기본적인 춤사위를 체득하고 있는 사람은 얼마나 될까? 아마도 춤을 전공으로 하는 전문예인들 외에는 거의 없을 것이다. 우리나라 역사의 출발점에서부터 우리 선대들은 생활 속에서 삶의 희로애락을 춤이라는 미적 표현 양식으로 표출하며 살아왔다. 다시 말해 춤의 단순한 향유자에 머무르는 것이 아니라 춤의 주체자로서 즐겨온 민족이다. 조선 시대만 하더라도 민중들은 민속춤이 일상 속에 녹아들어 있어 어려서부터 기본적인 춤사위가 몸에 배어 있었다. 그러나 민족문화의 암흑기인 일제 강점기와 해방 후 산업화를 거치면서 춤이 일상 속에서 사라지고 민속춤이 전문예인들의 전유물로 변화하면서 민중들은 일방적인 구경꾼으로 전락되었다. 이제는 전문예인들에 의하여 작품화한 승무, 살풀이, 태평무, 한량무 등이 마치 민속춤을 대표하는 것처럼 되어버렸다.

십수 년 전만 하더라도 일부 여자 중학교에서는 대학 무용과 출신의 체육교사들이 임용되어 수업시간이나 무용반을 통해 한국 민속춤을 학생들에게 가르치는 곳을 심심찮게 볼 수 있었는데 요즘은 거의 찾아볼 수 없게 되었다. 대학의 무용과 졸업생들이 체육교사로 임용하기 위해 넘어야 할 장벽이 더욱 높아졌기 때문이다. 민속춤이 우리 국민들의 일상 속에 함께 살아 있기 위해서는 지금이라도 유아교육 시기부터 고등학교 정규교육 과정에 이르기까지 우리 민속춤이 자연스럽게 녹아들어 있어야 한다고 생각한다. 그러기 위해서는 세대별로 쉽게 접근할 수 있고 교감할 수 있는 생명력을 지닌 재창조된 다양한 민속춤이 만들어져야 함은 물론이다.

운학(雲鶴) 이동안(李東安)의
자리매김이 필요하다

흔히 한성준(韓成俊, 1875?-1941)을 우리 '근대 한국춤의 아버지' 혹은 '근대 한국춤의 비조(鼻祖)'라 부른다. 그가 창안하거나 재구성한 춤들은 우리 춤 중에서도 탁월하고 정통성 있는 춤으로 평가받고 있으며, 그중 승무와 태평무가 후대에 각각 국가무형문화재 제27호와 제92호로 지정되었으니 '한국춤의 비조'라 부를 만도 하다. 그러나 한성준보다 더 먼저 근대 한국 춤의 문을 열었던 당대의 명무(名舞)이자 안무가였던 김인호(金仁鎬, 1855?~1935?)를 기억하는 사람은 별로 없다.

김인호는 용인 태생이며 화성재인청 출신으로 어전(御殿) 광대의 반열에 올랐던 인물이다. 1902년 서울에 세워졌던 우리나라 최초의 옥내 극장인 협률사(協律社) 단원으로 전국을 유랑하며 각종 민속연희에 참가한 유랑광대이자, 1898년경에 세워져 1930년까지 문을 열었던 광무대(光武臺)의 인기 있는 재인이기도 했다. 그의 출생년도와 사망년도의 정확한 기록은 없으나 그의 스승이 19세기 최고의 예인으로 명성을 날린 이날치(李捺致, 1820-1892)라는 점, 광무대 시절 기록이 1914년에 집중적으로 매일신보에 그에 관한 기사가 나오다가 1930년에 한 번 나오고 아주 끊어진 점, 순종 때 그의 어전광대로서의 일화가 전해지는 점 등 관련 문헌자료로 미루어보면 1855년쯤 태어나 1935년쯤 별세하였을 것으로 추정된다. 한성준이 1875년생이니 김인호는 한성준보다 스무 살 연상으로서 춤에 있어서도 한참 선배인 셈이다. 한성준이 김인호의 춤반주를 하였다 하니 당시 김인호의 위상을 알만하다.

그런데 사람들은 한성준을 아는데 김인호를 왜 모를까? 가장 결정적인 이유는 그들의 제자들의 활동상에서 그 답을 찾을 수 있다. 한성준의 직계 제자이자 외손녀인 한영숙은 일제로부터 해방된 조국에서 승무로 국가무형문화재 예능보유자가 되었고, 역시 그의 직계 제자인 강선영도 태평무로 예능보유자가 되어 스승인 한성준을 한국 근대 춤의 아버지 혹은 비조로 자리매김해줄 수 있었다. 그리고 한영숙은 수도여자사범대학에서 교편을 잡고 장차 한국춤계의 지도자가 될 인재들을 양성하였다. 그녀의 제자 이애주와 정재만도 스승의 대를 이어 예능보유자가 되었을 뿐만 아니라, 이애주는 서울대학교에서 정재만은 숙명여자대학교에서 교편을 잡고 후학을 양성하였으며, 강선영의 제자들도 여러 대학에 포진하여 후학을 양성하여 한성준의 위상은 더욱 공고하게 되었다.

당대 춤의 명인으로 자리매김했던 김인호 역시 많은 제자를 두었을 것이다. 그러나 그 중 이동안(李東安, 1906~1995)이 가장 특출하였다. 이동안 역시 김인호와 같은 화성재인청 출신으로 1922년 광무대로 진출하여 김인호로부터 전통춤과 장단을, 김관보(金官寶)에게 줄타기를, 장점보(張點寶)에게 대금, 피리와 해금을 배웠으며, 방태진(方泰鎭)에게 태평소를, 조진영(趙鎭英)에게 남도잡가를, 박춘재(朴春在)에게 발탈을 배워 다양한 예능에 두루 능했다.

이동안이 김인호로부터 전수받은 춤은 태평무, 승무, 진쇠춤, 검무, 살풀이춤, 엇중모리 신칼대신무, 한량무, 승전무, 성진무, 학무, 화랑무, 신로심불노, 희극무, 장고무, 기본무, 노장춤, 신선춤 등 대략 17종으로 알려져 있다. 이동안이 생전에 기억하고 있던 재인청류의 춤은,

기본무, 살풀이춤, 승무, 태평무, 엇중모리 신칼대신무, 한량무, 성진무, 화랑무, 도살풀이, 검무, 남방무, 선인무, 팔박무, 진쇠무, 승전무, 장고무, 노장무, 소고무, 희극무, 아전무, 바라무, 나비춤, 장검무, 신노심불로, 입춤 신선무, 오봉산무, 학무, 하인무, 춘앵무, 화선무, 포구락무, 연화대무 등 41여종에 이른다.

이동안은 자신의 제자들에게 자신이 보유한 다양한 춤을 아낌없이 전승하였고, 생전에 춤으로 국가무형문화재 예능보유자가 되기를 간절히 원했으나 1983년에 국가무형문화재 발탈로 예능보유자가 되어 지내다 1995년 세상을 떠나니 그의 스승인 김인호도 역시 한국춤계에서 조명을 받지 못하게 된 것이다. 참으로 안타까운 일이다. 한국춤계가 국가무형문화재 예능보유자 쪽으로 줄을 서는 상황에서 이동안이 죽고 난 후 그로부터 춤을 배웠던 김백봉, 장월중선, 최현, 김덕명, 문일지, 배정혜, 정승희, 김백초, 최경애, 김진홍, 오은희, 김명수 등은 이동안이라는 구심점을 잃자 전승의 힘을 잃고 대부분 각자 제 갈길로 흩어지게 되었다. 그나마 다행히 이동안의 직계제자인 정경파가 승무와 살풀이로 1996년 경기도무형문화재 예능보유자로 인정되었다가 작고하고 지금은 김복련으로 이어져 전승을 지속하고 있고, 윤미라, 정주미, 이승희, 박경숙, 박경현, 이선영 등이 전승을 이어가고 있으나 이동안이 남긴 수많은 춤들은 전승기반이 너무나도 허약하다.

이동안은 악·가·무·희·극(樂·歌·舞·戱·劇)에 두루 명인이었으나 특히 춤에 있어서는 불세출의 명인이었다. 그가 춤으로 국가무형문화재 예능보유자가 되지 못한 것이 개인적으로는 그의 불행이며 나아가 한국춤계에도 큰 손실이 되고 만 것이다. 많이 늦었지만 한국춤을 더욱 풍요롭게 하기 위해서는 이동안의 춤을 재조명하여, 이제라도 그의 다양한 춤이 온전히 전승될 수 있도록 제도적인 전승기반을 마련해 주는 등 정당한 자리매김을 해주어야할 것이다. 이제 논의를 시작해야 한다.

수렁에서 건진 '경기도당굿 시나위춤'

　무형문화재 제도가 우리 무형문화유산의 보존과 전승에 기여한 공로가 크지만, 그 역기능도 컸다. 왜냐하면 무형문화재로 지정되기에 충분한 가치가 있는 종목들이 경직된 지정 심의과정이나 이미 지정된 무형문화재 종목의 예능보유자나 전승자들의 조직적인 저항으로, 지정되지 못한 채 멸실되거나 전승의 활기를 잃어버리는 경우를 수없이 보아왔기 때문이다. 특히 전통무용의 경우는 더 했다. 아직도 대부분의 일반인들은 전통무용에는 살풀이, 승무, 태평무, 한량무, 검무만 있는 줄 아는 분들이 많다.

　그런데 올 6월 1일 부로 '경기도당굿 시나위춤'이 경기도 무형문화재 64호로 지정되었다. 정말 오래간만의 경사이자 희소식이 아닐 수 없다. '경기도당굿 시나위춤'은 경기도당굿 제의 의식에서 부수적 역할을 하던 춤을 보다 예술적인 독립된 공연예술 형태로 구성한 춤으로서 중요무형문화재 제97호 살풀이춤(도살풀이)의 예능보유자 고(故) 김숙자(1927~1991) 명무에 의해 완성된 춤이다.

7바탕으로 이루어진 '경기도당굿 시나위춤'은 이보형, 심우성 선생이 1976년에 발굴 조사한 종목으로 무형문화재적 가치가 충분한 종목이다. 그러나 1990년 고 김숙자 명무가 '경기도당굿 시나위춤' 7바탕 중 마지막 바탕인 '도살풀이 시나위춤'에 근거, 중요무형문화재 제97호 '살풀이'로 무형문화재보유자로 인정되면서 나머지 6바탕은 20여 년간 미아 신세가 돼 버렸다. 천만다행으로 김숙자의 수제자 이정희 선생과 매헌춤보존회의 제자들이 30년 가까이 열악한 환경 속에서도 지금까지 온전히 지켜와 올해 6월 1일부로 7바탕 모두가 경기도 무형문화재 64호 '경기도당굿 시나위춤'으로 종목 지정되면서 비로소 온전한 전승기반을 갖추게 된 것이다. 참으로 다행스러운 일이 아닐 수 없다. 사실 '경기도당굿 시나위춤'이 경기도 무형문화재로 지정되기까지는 결코 쉽지 않은 과정이 있었다. 6,7년 전에 종목지정 신청이 있었지만 경직된 심의과정으로 부결되었다가, 작년에 경기도문화재위원회에 재신청 한 뒤 무형문화재 분과 위원님들로부터 무형문화재적 가치가 인정되어 금년에 지정되게 된 것이다.

'경기도당굿 시나위춤'은 부정놀이춤(군웅님춤), 진쇠춤, 터벌림춤, 올림채춤(쌍군웅님춤), 깨끔춤(손님굿춤), 제석춤, 도살풀이춤 이렇게 7바탕으로 이루어져 있다. 그 모체가 되는 '경기도당굿'의 순서가 '당주굿', '돌돌이', '초부정굿', '시루디딤', '제석굿', '터벌림', '손님굿', '군웅님굿', '뒷전'으로 구성되어 있어 '경기도당굿 시나위춤'이 '경기도당굿'에 기반을 두고 있음을 쉽게 알 수 있다. 이 춤은 '경기도당굿'이라는 무속의식(巫俗儀式)에서 추어진 춤을 바탕으로 독립된 공연예술로 구성하였기 때문에 '경기도당굿'의 음악과 복식은 원형 그대로 유지하면서, 무속의식의 진행에 따른 춤의 성격을 반영하여 청신(請神), 영신(迎神) 또는 접신(接神), 오신(娛神), 송신(送神) 의식의 굿을 바탕으로 춤 형식을 고루 갖추고 있다. '경기도당굿 시나위춤'은 호흡과 긴장, 어르고 푸는 과정에서 감정이입(感情移入)에 충실하고, 몸에서 표출되는 감정을 조정하면서 춤의 내면적인 표현인 한과 슬픔과 정다움을 적절하게 담아내고 있다.

'도살풀이'라는 말은 '도당 살풀이'를 줄인 말로서 정중동의 신비스럽고 자유스러운 춤사위로 구성되어 있다. 도살풀이춤은 4박의 남도 살풀이장단과는 달리 경기도당굿 속에 있는 6박 장단에 맞추어 추는 것이 특징이다. 또한 여타의 기방계(妓房係)나 재인계(才人係)의 춤에 비해 크게 대별되는 춤사위로서 '다루치기'와 '목젖놀이' 등을 매끄럽게 소화해 낼 뿐만 아니라, 호흡과 긴장, 어르고 푸는 과정에서 감정이입(感情移入)에 충실하고, 몸에서 표출되는 감정을 조정하면서 춤의 내면적인 표현인 한과 슬픔과 정다움을 적절하게 담아내고 있다. 가·무·악(歌·舞·樂)의 형태를 모두 갖추고 있는 '경기도당굿' 가운데 무가(巫歌)와 시나위장단 무악(巫樂)들은 그나마 명맥을 유지하고 있지만, 무무(巫舞)는 거의 원형이 사라지고 있는 실정이어서 이번 지정은 더욱 다행스러운 일이 아닐 수 없다. 늦게나마 '경기도당굿 시나위 춤'이 경기도 무형문화재 제64호로 지정된 것은 우리 전통춤의 경사가 아닐 수 없으며 진일보한 발전이라고 평가할 만하다.

우리 전통춤계의 변화와 혁신을 기대한다

우리 전통춤은 상류계층을 향유층으로 하는 정재(呈才)이든, 기층민(基層民)을 향유층으로 하는 민속춤이든 간에 그 예술성이 뛰어날 뿐만 아니라, 멋과 흥, 한(恨)과 풀이가 잘 어우러진 훌륭한 문화유산이다. 옛날에 영화상영관에 가면 영화를 시작하기 전에 국정홍보 소식이나 세상 돌아가는 소식을 담은 10분짜리 '대한 뉘우스'라는 것을 꼭 틀어주곤 했는데, 나이든 사람이면 우리 전통춤 무용단이 세계 방방곡곡을 순회하며 화려한 부채춤이나 장고춤 등을 선보이며 국위선양을 하는 모습을 보며 마음 뿌듯해하던 추억을, 누구나 갖고 있을 것이다. 또한 고등학교 시절 국어교과서에 청록파 시인인 조지훈의 시 '승무'를 음미하고 즐겨 암송하며 우리 민속춤의 심오한 정신세계와 춤의 우수성을 인정했던 추억을 누구나 가지고 있다.

그러기에 한때는 우리 전통춤이 우리 국민들의 마음을 사로잡아 사랑하는 자녀들에게 전통춤을 가르치는 것이 크게 유행하였으며, 동네마다 하나, 둘 쯤 있던 무용학원에 자녀들을 보내 전통춤을 가르치게 한 학부모님들이 많았다. 그러다 자녀가 무용에 소질이 있어 보이면 허리띠를 졸라매고 값비싼 레슨비를 지불해가며 자녀들을 예술중학교나 예술고등학교 무용과에 진학시키는 일을 흔히 보았다. 그러다 보니 자연히 각 대학의 무용과의 입시 경쟁률도 매우 높았고 누구누구는 뒷돈을 주고 입학을 했네 하는 좋지 못한 소문도 무성했던 시절이 있었다. 그러다 보니 대학마다 무용과를 경쟁하듯 신설하였고 '연세대학교와 고려대학교 같은 명문 대학에 왜 무용과가 없지?' 하며 이상하게 생각한 적도 있었다.

그런데 요즘은 어떤가? 동네마다 자리 잡고 성업 중이던 그 많던 무용학원이 자취를 감추어 버렸다. 우리 전통춤 학원은 이따금 눈에 띌 정도가 되었으며, 전통춤 강좌가 주민자치센터의 생활예술 강좌나 공공 평생교육원의 강좌에서나 발견될 정도가 되어 버렸다. 더욱 심각한 것은 지방 대학의 무용과가 줄줄이 폐과가 되는 지경에 이르렀고 그나마 무용과가 있는 수도권 대학들도 신입생 모집에 어려움을 겪고 있다는 점이다.

공연예술시장에 있어서도 우리 전통춤 공연이 관객들에게 더 이상 매력적인 공연예술 장르가 아니어서 유료입장객을 기대하기가 어려워 거의 무료공연으로 치러지고 있으며, 그나마도 관객동원이 어려워 어쩌다 한국 전통춤 공연장에 가보면 객석이 출연자의 가족이나 친지들로 채워지는 것이 현실이다. 또한 전통춤 공연을 가보면 살풀이, 승무, 태평무, 검무 등으로 이어지는 '그 밥에 그 나물'인 프로그램 나열식 공연이 대부분이라 공연 선택에 입맛이 무척 까다로워진 관객의 마음을 사로잡기에는 거리가 먼 것도 현실이다.

해방 후 한국 전통춤의 전승을 이끄는 동력 중 가장 큰 동력은 '무형문화재 예능종목 지정과 예능보유자 인정 제도'라 할 수 있다. 일제 강점기에 전승 단절의 위기에 처해졌던 우리 전통춤이 무형문화재 제도로 인하여 전승기반이 구축되었다는 것은 주지의 사실이다. 무형문화재 제도로 인하여 국가무형문화재로 지정된 7가지 종목 즉 살풀이, 승무, 태평무, 진주검무, 승전무, 처용무, 학연화대합설무와 그 밖의 시·도 무형문화재들은 탄탄한 전승기반을 갖게 되었으나, 그 외의 수십 종목의 전통춤은 무형문화재 예능종목을 선점한 종목들의 거센 견제로 말미암아 전승기반을 갖지 못하고 단절과 멸실(滅失)의 위기에 처하고 말았으니 무형문화재 제도가 한국 전통춤의 발전에 끼친 순기능보다 오히려 역기능이 더 컸다고 생각한다.

전통춤을 평생의 업으로 삼아 전승체제에 입문한 춤 예술인들은 소속 계보 예능보유자의 마음에 들기 위해서 줄을 서야 했다. 예능보유자의 인정을 받아 전수자, 이수자, 전수교육조교를 거쳐 예능보유자의 후계자가 되기 위하여 길고 긴 인고의 시간을 보내며 막대한 물적, 심적 노력을 다할 수밖에 없었다. 여러 가지 이유로 예능보유자에게 밉보여 계보에서 소외되거나 배척된 전승자들은 설자리가 없는 것이 현실이 되었다.

전통춤계가 이 지경까지 오는데 가장 큰 책임을 져야 할 사람은 아무래도 전통춤계를 이끌어온 기득권층 기성 지도자들일 것이다. 그러나 그들은 아무런 책임을 지려 하지 않는다. 오히려 자신들의 기득권을 지키는 데 만족하고 있는 것처럼 보인다.

전통춤계는 변화하고 개혁해야 살아남을 수 있다. 전통은 끊임없이 변화하고 진화해 나가는 것이다. 과거 명인들이 남긴 춤은 춤대로 올곧게 전승되어야 하지만, 또한 그 기반 위에서 전형을 지키며 새롭게 변화하고 진화된 작품들은 재창조되어야 한다. 그리고 오늘날 우리 전통춤의 모습이 복잡한 고도문명의 시대를 살아가고 있는 이 시대 사람들의 정서와 교감하고 소통하는 '이 시대의 전통춤'인가도 성찰해봐야 한다. 지금의 한국 전통춤이 어떤 이유에서 관객들의 마음에서 멀어졌는가를 냉철하게 분석해 보고, 어떠한 모습으로 변화하고 진화해야만 다시 관객들로부터 사랑받는 장르로 살아남을 것인가를 진지하게 고민해봐야 한다. 전통춤계가 변화하지 않고 개혁하지 않고 지금의 이 상태로 간다면 더욱 더 관객들에게 외면 받을 것이 뻔하며 결국은 자멸하고 말 것이다.

그래서 지금이라도 전통춤계의 책임 있는 위치에 있는 의식 있는 젊은 지도자들이 모여 지금껏 전통춤계가 무엇이 문제였던가를 냉정하고도 엄정하게 평가해보고, 그것에서 도출된 문제점들을 어떻게 개선해 나갈 것인지 대안을 마련한 후에, 전통춤계가 어떠한 방향으로 변화하고 개혁해 나갈 것인지 방향을 설정해야 한다. 그것이 학술회의의 형태이든, 세미나이든, 토론회이든 간에 지금부터 본격적인 공론화를 시작해야 한다고 생각한다. 그래야 우리 전통춤이 살아남을 수 있기 때문이다.

우리 한국 전통춤을 사랑하고 아끼는 전통예술계의 한 사람으로서 드리는 말씀이다.

국립창극단이 가야할 길

    국립극장은 1950년 4월에 현 서울시의회 의사당 자리에서 창설되었으나 6·25 전쟁이 발발하여 1952년 대구 문화극장으로 이전하였다가 전쟁이 끝나고 1957년 서울 명동예술극장으로 이전하였다. 그 후 1973년 장충동에 국립극장을 신축 개관한 뒤 발전에 발전을 거듭하여 오늘에 이르렀다. 국립극장은 전통에 기반을 둔 3개의 전속단체를 두고 있다. 국립창극단과 국립무용단은 1962년에 창단하였고 국립국악관현악단은 1995년에 창단하였으며 각각 예술감독 책임 하에 예술단을 운영하고 있다.

    국립극장은 '전통예술의 창조적 계승·발전', '예술성 높은 공연작품 제작 및 교육·전시 프로그램 운영', '국민의 문화예술향수 기회 확대', 그리고 '국내·외 문화예술 교류협력 활성화'라는 3가지 임무가 주어진 국립기관이다. 그리고 그러한 임무를 수행하기 위하여 '전통에 기반을 둔 공연예술의 국가브랜드화', '맞춤형 교육·전시로 문화향유 기회 확대', '고객접점서비스 강화로 고객만족 극대화', '지속가능 경영기반 합리화'라는 4가지 전략목표 아래 운영되고 있다.

최근 들어 국립극장의 전속단체들은 전통에 기반을 둔 작품성과 대중성을 겸비한 완성도 높은 동시대적 창작 레퍼토리를 지속적으로 개발하여 작품성과 흥행성면에서 긍정적 평가를 받아 안정적인 관객을 확보하는 등 성과를 보이고 있다. 3개의 전속단체들이 각각 나름대로 괄목할만한 성과를 보이고 있지만 국립창극단의 활동과 성과가 단연 돋보인다.

특히 얼마 전 임기를 마친 전임 김성녀 국립창극단 예술감독 재임 시 쏟아 낸 신작 레퍼토리들은 가히 파격적인 작품들이 많았다. 멀티미디어를 활용한 영화적 기법이 융합된 〈적벽가〉 등 판소리 5바탕의 현대적 창극화는 물론, 〈코카서스의 백묵원〉, 〈트로이의 여인들〉 등 서양고전의 창극 레퍼토리화 및 우수 영화, 소설 등의 창극화, 〈춘향이 온다〉, 〈놀보가 온다〉 등 마당놀이의 창극화 등은 작품성과 흥행성이라는 두 마리 토끼를 잡아 관객 몰이에 성공한 작품들이었다는 평가를 받았다. 언론에서도 그러한 작품들이 전통문화의 현대화, 세계화에 기여하는 창작 레퍼토리이자 우수한 전통문화를 동시대 관객들이 재발견할 수 있는 다양한 공연 프로그램이라며, 국민의 문화향유 경험의 폭을 확대하는데 기여하였다는 평가를 하였다.

그러나 긍정적인 평가만 있었던 것이 아니었다. 신작 레퍼토리로 내놓은 일련의 창극 작품에 '창(唱)은 없고 극(劇)만 남았다'는 창극단 내부 일부 단원들의 불만 섞인 평가가 외부로 흘러 나왔고, '창극의 정체성이 많이 훼손된 작품들'이 많았다는 내·외부의 부정적인 평가도 만만치 않았다.

어떠한 평가가 타당한 평가일까? 결론을 먼저 말하자면 둘 다 일리가 있는 평가이다. 다양한 장르의 예술가 및 단체와의 협업, 멀티미디어 및 동시대 기술을 활용을 통한 전통예술의 현대화·대중화와 스토리와 새로운 형식, 동서양의 결합으로 관객 영역의 확장을 지향하는 완성도 높은 작품 개발은 반드시 필요한 것이지만, 분명한 것은 창극의 모태에 해당되는 판소리의 창법과 전형성이 훼손되어서는 안 된다는 점이다.

우리나라 창극의 역사는 1902년으로 거슬러 올라간다. 당시 황실에서 설립하였던 최초의 황실극장인 협률사(協律社)에서 창자(唱者)

와 고수(鼓手) 두 사람이 소리를 중심으로 펼치는 음악인 판소리 연행 형태를 벗어나 소리꾼들이 등장인물의 역할을 각각 맡아 대화형식으로 주고받는 대화창인 입체창을 시도하였던 것이다. 그러나 당연히 소리(창), 아니리(말), 너름새(몸짓)의 판소리의 창법과 전형성은 그대로 유지하였던 것이다. '산길을 걷다 길을 잃었을 때는 산꼭대기로 올라가라'는 말이 있다. 산 정상으로 올라가면 가야할 길이 보이기 때문이다. 창극이 가야할 길을 잃었을 때에는 어떻게 해야 할까? 창극이 시작된 출발점을 되짚어 보면 가야할 방향이 보인다.

얼마 전 김성녀 국립창극단 예술감독의 후임에 유수정 예술감독이 공모를 통하여 취임하였다. 국립창극단이 창설된 이래 소리꾼 출신의 예술감독들도 있었고, 학계 출신의 예술감독들도 있었다. 이번에 예술감독으로 취임한 유수정 감독은 국립창극단 단원으로 수십 년간 잔뼈가 굵은 명창이자 명배우이다. 신임 유 감독만큼 판소리와 국립창극단에 대한 애정이 깊은 분도 흔치 않을 것이다. 오랫동안 단원으로 활동하면서 전임 예술감독들이 걸어간 길을 지켜보며 국립창극단이 가야할 길에 대해서 많은 고민과 생각을 했을 것이다. 아무쪼록 선배 예술감독들을 능가하는 청출어람의 예술감독이 되어 우리나라 창극을 한 단계 더 발전시키는 역할을 해 줄 것을 기대해본다.

국악꽃이 만개한 수도 서울을 꿈꾼다

국악은 우리의 문화정체성이 깃들어 있는 소중한 무형 문화유산이자 예술적 가치가 높은 예술 장르이다. 또한 장구한 역사 속에서 우리 민중들과 함께 애환을 같이 해오며 발전했다. 그러나 우리 국악은 안타깝게도 일제의 민족문화 말살정책 탓에 진화와 발전을 멈출 수밖에 없었다. 그 후 일제(日帝)로부터 해방된 기쁨도 잠시, 민족상잔의 6·25 전쟁과 전쟁 후 노도와 같이 밀려든 구미문화의 영향으로 진화와 발전은커녕 자생력을 잃고 오늘에 이르렀다.

우리나라 헌법 제9조에 「국가는 전통문화의 계승·발전과 민족문화의 창달에 노력하여야 한다」는 조항이 있다. 이러한 국가의 헌법정신을 구현하기 위하여 정부수립 후 지금까지 국가는 나름대로 전통문화의 정수인 국악의 전승과 발전을 위하여 노력해온 것은 사실이나 아직은 미흡하다. 게다가 현재 지방 정부 차원에서 국악의 활성화에 대해 깊은 관심을 갖고 지원해주는 곳은 거의 없다. 이러한 상황에서 박원순 서울특별시장이 시 차원에서 국악 활성화를 위하여 행·재정적 지원을 하겠다고 나선 것은 반가운 소식이 아닐 수 없다.

국악은 국가와 국민의 자존 내지 우리 민족의 문화적 정체성과 연결되어 있고, 상업적인 이윤추구 원리를 적용할 수 없는 시장 경쟁력의 한계를 안고 있는 예술장르이다. 그렇기 때문에 '전통문화 창달'이라는 헌법적 책무를 이행하고, 국악의 진흥과 활성화를 위하여 지방 정부가 적극적인 행·재정적 지원을 해주어야 하는 것은 당연한 일이었음에도 불구하고 그렇지 못했기 때문에 박시장의 국악 활성화 천명이 더욱 신선하게 다가온다. 서울은 역사적으로 우리나라 국악예술의 중심이었고, 지금도 그러하기 때문에 서울이 우리나라 국악발전의 선도적 역할을 해야 한다는 박시장의 인식은 지극히 당연하고 옳은 인식이다.

서울시가 국악 활성화를 이루기 위해서는 바른 방향 설정과 체계적이고 종합적인 활성화 방안을 마련해야 한다. 그런 면에서 4가지 정책과제로 나누어 접근해볼 필요가 있다. 첫째, 국악진흥을 위한 기반

조성, 둘째, 국악 교육 및 창작 역량 강화, 셋째, 국악 생활화 및 대중화, 그리고 마지막으로 국악자원 관광 및 산업화로 구분해 생각해 볼 수 있다.

첫째, 국악진흥 기반조성면에서 현재 돈화문 민요박물관이 완공단계에 있다. 돈화문 앞에 2019년 10월 민요박물관을 개관하겠다는 서울시의 방침에 찬반 논란은 있었으나 지금은 완공단계에 있기 때문에 아무쪼록 잘 운영되기를 바란다. 국악진흥 기반조성을 위한 새로운 사업을 생각해본다면 아리랑박물관을 건립하였으면 한다. 우리나라를 대표하는 민요가 아리랑이며 우리 민족을 하나 되게 하는 것도 아리랑임을 알면서도, 경제적으로 선진국 대열에 진입하고 있는 현재까지 국립 아리랑박물관을 갖지 못하고 있는 것이 오늘날의 현실이다. 그래서 서울시가 아리랑과 관련된 음악, 춤, 영화, 문학, 공예, 영상 아카이빙과 전시 및 체험, 교육이 이루어지는 복합문화 공간으로서 시립 아리랑박물관을 건립해주기를 제안한다.

믿기 어렵겠지만 아리랑은 100년 전만 하더라도 우리 민족 모두가 공감하는 대표적 민요는 아니었다. 현재까지도 불리는 구조아리랑, 긴아리랑, 강원도아리랑, 밀양아리랑, 진도아리랑들은 옛날부터 구전되어 온 노래로 알고 있는 사람들이 대분일 것이나 대부분 1900년대 초반에 만들어진 노래들이다. 아리랑이 본격적으로 우리나라의 대표적 민요로 등장하게 된 것은 일제강점기인 1926년 단성사에서 개봉된 춘사 나운규의 무성영화 '아리랑'이 관객들의 마음을 흔들어 놓은 결과, 영화 주제곡인 '아리랑'을 온 국민들이 따라 부르기 시작한 뒤부터다.

이제 아리랑은 우리나라의 대표적 민요이자, 분단 조국의 남과 북을 이어주는 공통 언어이다. 그리고 재외동포들과 조국 대한민국을 이어주는 공통 언어이기도 하다. 만일 서울시가 아리랑 박물관 설립을 수용한다면 아리랑박물관은 민요, 영화, 문학, 공예 등 아리랑 관련 자료의 연구·발굴·보관·전시·체험 공간이자 아리랑 세계화와 창작 활성화의 산실이며, 아리랑을 통한 국민대통합을 구현하기 위한 컨트롤 센터의 기능을 하게 될 것이다. 아쉽게도 국가가 세우지 못한 아리랑박물관을 서울시가 건립하게 되는 것이다.

또한 국악 활성화를 효과적으로 수행해나가기 위해서는 국악 관련 기관 협의체 구축이 필요하다. 국악 관련 기관이라 하면 서울시 문화국 역사문화재과와 문체부 공연전통예술과, 문화재청 무형문화재과, 국립국악원, 한국문화예술위원회, 예술경영지원센터, 한국콘텐츠진흥원, 국악방송, 문화재보호재단, 무형문화유산원, 전통공연예술진흥재단, 국립국악중고등학교, 국립전통예술중고등학교, 한국예술종합학교 전통예술원 등을 말한다. 이러한 기관들이 협업체제를 구축하여 각각 역할분담을 하는 것이 필요하다. 그리고 서울시의 국악 활성화 컨트롤 타워로서 국악 활성화에 기여하게 될 국악 정책전문가 및 민관으로 구성된 자문협의체가 필요하다.

둘째, 국악 교육 및 창작 역량 강화 면에서 보면 기존에 운영되어 온 서울시의 국악인턴제는 더욱 발전된 형태로 지속되어야 한다. 신규 사업으로 생각해 본다면 국악예술의 취약점이 기획력 부족이라는 점에서 국악 전문 인력 아카데미 지원사업이 필요하다. 국악 활성화의 성패는 결국은 사람이기 때문이다. 그래서 국악 일꾼 및 미래의 문화시민 양성이 더욱 필요하다. 그리고 지역 국악전용 소극장 지원, 지역 국악 활성화 거점 지원, 지역 국악일꾼 프로젝트 지원, 초·중등학교 꿈나무 국악오케스트라 지원, '국악 마을학교' 지원 프로젝트, 저소득층 국악영재 교육, 신진국악인 발굴·육성 위한 창작경연대회 개최 등이 필요하다.

셋째, 국악 생활화 및 대중화 측면에서 보면 기존의 국악강사를 선발하여 초중등학교 교육에 지원해 오던 사업은 지속되어야 한다. 지금까지의 국악 장르 보존 및 발전 정책에서 생활예술로서의 국악 활성화 정책으로 전환할 필요가 있다. 이에 따른 신규 사업으로 생활국악동아리 경연대회, 국악노래자랑 경연대회(매월), 국악신동 발굴 경연대회, 실버국악제, 대학국악가요제, 지역 국악축제 지원, 전통문화를 기반으로 하는 지역 축제 지원, 동네 국악대(국악·연희) 활성화 지원, 국악분야 시민강좌 운영 등을 생각해 볼 수 있다.

마지막으로 국악자원 관광 및 산업화 측면에서 볼 때 기존의 국악로 활성화 사업, 덕수궁 수문장 교대식은 지속 발전되어야 한다. 서울시의 국악 기반인 돈화문 국악당 운영, 남산 한옥마을 및 국악당 운영, 운현궁 운영, 삼청각 운영도 지속되어야 하나 공히 각 공간별 역할 분담 및 차별화·특성화를 이루기 위한 면밀한 검토가 필요하다. 신규 사업으로는 국악의 대중화를 위하여 청소년과 청년들이 주도적으로 참여할 수 있는 국악 유튜브 크리에이터, 단편 영화, 영상, 미디어 실용음악 등 4차 산업 연관 청소년 국악 미디어콘텐츠 지원 사업이 절실히 필요하다.

이 모든 제안이 아무리 좋고, 필요한 것일지라도 서울시 혼자 감당할 수는 없을 것이다. 그래서 모든 정책은 기획단계에서 시민이 참여해야 한다. 국악 정책전문가, 국악인, 국악 동호인, 시민들이 함께 모여 국악 활성화를 위한 공론의 장을 펼쳐야 한다. 이런 과정을 거쳐

수렴된 안을 단기, 중기, 장기 정책에 담아 로드맵을 설정하여 차근차근 수행해 나간다면 서울시가 지향하는 국악 활성화를 이루는 것은 물론, 타 지방 정부에게 성공적인 선행 사례를 제공하는 효과까지 거둘 수 있을 것이다. 나는 꿈꾼다. 국악꽃이 만개한 수도 서울을!

남과 북이 하나 되는 '통일 국악제'를 꿈꾸며

　지난해 8월 20일 역사의 굴곡에서 통한의 세월을 보낸 남북 이산가족의 애끓는 상봉장면을 지켜보면서 나도 모르게 뜨거운 눈물이 흘러내렸다. 이들의 통한을 풀어줄 통일조국은 과연 올 것인가? 지난해 2월 열린 '2018 평창 동계올림픽'은 남과 북의 선수들이 함께 어울려 '우리는 하나'의 민족이라는 것을 보여 주었다. 또한 평창올림픽 선수단에 합류한 북한 예술단의 강릉아트센터 특별공연과 서울 국립극장 해오름극장 무대 공연은 그 감격을 더해주었다. 우리도 그에 화답하여 '북한 방문 예술단'을 구성하여 3월 31일부터 4월 4일까지 평양을 방문하며 2차례 감격스러운 공연을 선보였다. 이어 4월 27일 남북 정상의 감격스러운 만남이 이어졌고, 그 결실로 이후 8월에는 두 차례 남북 이산가족 상봉도 이루어졌다.

올 3월 우리 측 '북한 방문 예술단'이 꾸려진다는 소식을 들었을 때, 대중가요 가수들과 연주자뿐만 아니라 대중성 있는 유명 국악인들도 당연히 예술단에 합류되리라고 기대를 한껏 하였다. 그러나 북한 방문 예술단은 대중가요 예술가 일색으로 구성되었다. 민족적 동질성을 회복하는데 남과 북의 전통예술만큼 좋은 것이 없음에도 불구하고 대중가요 예술가 일색으로 방문공연단이 구성되어 아쉬움과 실망감이 컸다.

어차피 북한 방문 공연은 지나갔다. 앞으로 더 잘하면 된다. 앞으로는 대중가요를 매개로 한 남북 교류 공연도 좋지만 남과 북의 뛰어난 국악인들이 한자리에 모여 '통일 국악제'를 펼쳐 보이는 것도 매우 의미 있는 일이라고 생각한다. 올해는 1958년 시작된 '한국민속예술축제'가 60주년이 되는 해이다. 그렇다면 남과 북의 민속예술 전승자들이 함께 모여 '통일 민속예술축제'를 공동으로 여는 것도 의미 있는 일이 될 것이다. 이미 남북은 그런 문화적 기반이 마련되어 있다. 서로의 공통적 요소를 찾아 무대화하는 것도 매우 의미 있는 일이다.

남과 북이 분단되던 시점으로 되돌아가 보자. 일제강점기로부터 벗어난 해방공간에서 월북한 저명 국악인들이 많았다. 월북한 국악인들의 면모를 살펴보면 대부분은 민속악계에 속한 분들이었다. 당시의 상황을 살펴보면 그들 모두가 공산주의자들이었기 때문에 월북했다고 보기 어렵다. 그들은 대부분 그냥 예술인들이었다. 당시 좌우의 극심한 대립이 있었고 1948년 8월 15일 남한 정부가 수립되고 좌익음악인에 대한 체포령이 내려지자 좌익으로 분류된 국악인들이 월북하게 되었던 것이다.

월북한 국악인들의 면모를 살펴보면 판소리 명창 김소희, 박귀희, 한승호, 장월중선의 스승인 박동실과, 가야금산조의 명인 김윤덕의 스승인 정남희와, 판소리 명창 박송희, 박초선의 스승인 조상선과, 가야금과 거문고의 명인 정남희와 김진의 스승인 안기옥과, 가야금산조의 명인 성금연의 스승인 최옥삼과, 판소리 명창 성창순의 스승인 공기남과, 판소리 명창 성우향의 스승인 임소향이 그들이다. 이들은 월북해서도 후진 양성에 힘썼다. 남과 북에는 이들의 1대 제자들도 이미 고인이 된 이들이 많다. 지금은 주로 2대, 3대 제자들이 활동하고 있다.

남한에는 8·15 해방 후와 6·25 전쟁 중 월남한 예술인들이 북의 예술을 가지고 내려와 전승기반을 구축하였다. 그리하여 평안도와 황해도의 민요를 노래하는 '서도소리'와 북한지방의 탈춤인 '은율탈춤',

'봉산탈춤', '강령탈춤', '북청사자놀음' 등이 중요무형문화재로 지정되어 전승되고 있고, 서도 선소리산타령, 평양검무, 평안도 향두계놀이, 화관무, 부채춤, 평북농요, 평안도다리굿 등이 이북5도무형문화재 종목으로 지정되어 전승되고 있다. 이러한 것들이 남과 북의 전통예술인들이 함께 모여 한 바탕 축제를 펼칠 수 있는 문화적 자산이자기반이다.

이제 통일조국은 헛된 꿈이 아니라 부단히 노력하면 이루어질 수 있는 현실성 있는 꿈이라는 희망을 갖게 되었다. 남과 북이 분단된 지가 어언 70년이 지났다. 70년이라는 세월은 강산이 일곱 번 변하는 시간이어서 남과 북의 문화에도 많은 변화를 가져왔다. 그럼에도 불구하고 조상들로부터 물려받은 문화적 DNA는 변함이 없기에, 서로의 차이를 인정하고 노력하면 민족적 동질성은 회복할 수 있다. 뜻이 있으면 길이 있다는 말이 있다. 남북 문화당국자들은 남과 북이 함께 하는 '통일 국악제'나 '통일 민속예술축제'를 적극적으로 검토하기를 바란다.

남북문화 동질성 회복을 위해
선행되어야 할 것

일제강점기에서 벗어나 분단된 채 70여 년 동안 서로 총부리를 겨누고, 전쟁의 참극까지 겪었던 남과 북이 세 차례나 남북 정상 회담을 갖는 등 평화, 화해 분위기가 급물살을 타고 있다. 70년이라는 분단의 세월은 남과 북의 문화를 크게 바꾸어 버렸다. 비록 서로 말과 글이 같고, 얼굴은 같을지라도 정치, 사회, 경제, 문화예술 그 어느 하나 변하지 않은 게 없다.

북은 북대로 자신의 문화를 형성하였고, 남은 남대로 자신의 문화를 형성하였다. 그럼에도 불구하고 아직도 서로를 이어주는 것은 선대로부터 이어받은 전통문화에 기반하고 있는 의식 세계이다. 조상님과 부모님에 대한 효의식과, 마을사람들과 생사고락을 함께 하며 서로 돕는 두레정신, 일제강점기에 민족의 수난과 함께 했던 '아리랑'을 매개로 하는 끈끈한 민족의식은 그대로이다. 북은 전통음악의 대부분을 전형대로 전승하고 있지 않지만, 기층민의 예술인 농악이나 탈춤 등의 전승은 활발하다. 또한 전통악기를 개량하여 거의 모든 연주에 활용하고 있다.

70년이 넘는 분단의 세월을 지내다 보니 우리 남쪽도 전통예술의 향유지도가 달라졌다. 다시 말해 안타깝게도 이북 즉 황해도, 평안도, 함경도의 우수한 전통 가·무·악이 잊히고 있다. 왜냐하면 우리 국악무대의 대부분이 경기, 강원, 전라, 경상도 가·무·악 중심으로 연행되고 있기 때문이다. 이북의 황해도, 평안도, 함경도의 가·무·악은 거의 무대에 오르지 못하고 있으며 오른다 하여도 구색 갖추기에 불과하다. 그래서인지 일반대중들도 이북의 전통 가·무·악에 어떠한 것들이 있는지, 그 예술성이 어떠한지 잘 모르고 있는 것이 현실이다.

근대 이전의 선진 문화는 육지로는 대륙으로부터 (신)의주를 거쳐 평양을 거쳐 해주를 거쳐 서울로 유입되거나, 해로로는 대륙으로부터 서해를 건너 평양이나 해주를 거쳐 서울로 유입되었기 때문에 북의 문화예술은 선진화되어 있었으며 예술적 수준 또한 높았다.

황해도 민요는 때로는 구성진 가락도 보이나, 평안도 민요에 비하여 먹이고 받는 형식이 규칙적이고 선율이 간결하기 때문에 처절하지 않고 보다 밝고 서정적이다. 황해도 민요로는 산염불, 자진염불, 긴난봉가, 자진난봉가, 사리원난봉가, 병신난봉가, 숙천난봉가, 소연평난봉가, 몽금포타령, 배꽃타령, 늘이개타령, 싸름, 금다래꿍 등이 있다. 또한 황해도에는 특히 탈춤이 성행하였는데 은율, 봉산, 강령 탈춤이 모두 다 황해도 탈춤이다.

평안도 민요는 대개 사설이 길고 후렴이 없으며 자유리듬이나 불규칙장단으로 부르며 대부분 애절하고 흐느끼는 듯한 느낌을 주며 사설도 한(恨)을 주제로 한 것이 많다. 창법도 콧소리로 얕게 떨거나 큰소리로 길게 죽 뽑다가 갑자기 속소리로 변하여 가만히 떠는 소리가 많다. 평안도 민요로는 수심가, 엮음수심가, 긴아리, 자진아리, 안주애원곡, 배따라기, 자진배따라기 등이 있다.

함경도 민요는 강원도 민요와 가락이 비슷하나 강원도 민요가 느리고 애절한 데 비하여, 함경도 민요는 비교적 빠르고 애절하면서도 거세게 들리는 것이 특징이다. 함경도 민요로는 신고산타령, 애원성, 궁초댕기 등이 있다. 또한 북청사자놀음은 함경남도의 탈춤이다.

6·25 전쟁 이후 북에서 월남한 실향 예인들에 의해 전승된 서도소

리, 북청사자놀음, 봉산탈춤, 강령탈춤, 은율탈춤 등이 다행스럽게 국가무형문화재로 지정되어 일찍이 전승기반은 마련되었다. 그러나 1세대 예능보유자들이 대부분 타계한 지금은 전승활동이 위축되어 있어 대중으로부터 잊혀 가는 듯해 안타깝기만 하다.

또한 행정안전부 산하 이북5도청에서 자체적으로 무형문화재를 지정하여 지원하고는 있으나, 말뿐인 지원에 그치고 있다. 국가무형문화재와 시도 무형문화재는 종목당 연간 지원 예산이 3천만 원 정도 지원되고 있으나 이북5도문화재는 그에 비하여 10분의 1정도의 예산으로 지원되고 있기 때문이다. 이런 실태라면 과연 정부가 남북통일을 대비하여 문화적 동질성 회복에 대한 의지를 갖고 있는지 의심스럽기만 하다.

이제라도 정부는 북의 전통문화의 전승과 발전의 실상을 점검해 보고, 잘못된 지원체계는 바로 잡아야 한다. 또한 북의 문화유산의 전승자들에게 보다 많은 무대를 마련해 주어 전승의 활기를 되찾아 줄 필요가 있다. 그래야 남북통일의 초석이 될 남북문화 동질성 회복도 앞당겨질 수 있을 것이다.

국악의 대중화, 그 가능성을 본 국악 축제

맨땅에 헤딩하는 기분으로 '2018 서울젊은국악축제'를 마쳤다. 일 개 기초지자체 문예회관에 불과한 노원문화예술회관이 서울이라는 지역을 대상으로, 그것도 국악이라는 인기 없는 장르를 가지고 축제를 개최한다는 것이 어쩌면 무모하게 보일 수도 있기 때문이다. '서울 젊은국악축제'는 2008년도에 젊은 국악인들의 실험적 무대를 통해 국악의 대중화와 전통 국악의 미래를 열기 위한 목적으로 시작되었다. 요즘은 국립극장에서 주관하는 '여우락' 페스티벌, 국악방송에서 주관하는 '21세기 한국음악프로젝트', 북촌창우극장에서 주관하는 '북촌우리음악축제' 등이 있지만 그때만 하더라도 젊은 국악 뮤지션들을 대상으로 하는 공연예술 축제는 없었다.

노원문화예술회관의 '서울젊은국악축제'는 2008년부터 2014년까지 한 해도 거르지 않고 개최되었으며 신진 국악인의 배출과 젊은 국악 인재의 발굴을 통해 국악의 미래를 열었다는 평가를 받았다. 국내에서 열리는 국악축제 가운데 가장 먼저 시작된 '서울젊은국악축제'는 젊은 국악인들의 주요 거점 무대 중 하나로 남녀노소 누구나 공감하고 즐길 수 있는 프로그램으로 구성되어 민요, 판소리, 타악, 연희 등 다양한 장르의 전통 예술을 재즈밴드, 레게밴드, 영상, 연극, 뮤지컬 등과 접목하여 대중에게 국악이 더 친밀하게 다가갈 수 있는 실험적 무대를 마련했으며, 대중의 일상 속에서 소통하는 음악으로서 국악의 미래를 제시하고 방향성을 세우는데 중요한 역할을 해왔다고 자부한다.

　내가 노원문화예술회관 관장직을 떠나자 그런 축제가 중단되었다. 그로부터 4년이 흘러 내가 관장으로 다시 돌아왔다. 주위의 곱지 않은 시선이 있었지만 나는 '서울젊은국악축제'를 부활시켰다. 축제를 개최하기 위해서는 적지 않은 예산이 필요했는데, 다행히 '2018 서울젊은국악축제'는 서울문화예술회관연합회가 주관하는 '지역관객개발 공연지원사업' 공모에 선정되었다. 이 사업은 서울문화재단이 서울문화예술회관연합회를 통하여 서울 지역 내 잠재 관객들을 개발하고 시민들에게 수준 높은 문화향유 기회를 제공할 수 있도록 자치구 특성과 상황을 반영한 우수한 공연에 대해 제작비를 지원해주는 사업이다.

드디어 축제가 시작되었다. 축제의 첫째 날은 판소리와 레게음악을 융합한 한국적 레게음악을 선보이는 '노선택과 소울소스', 판소리 〈흥보가〉를 최연소로 완창한 국립창극단 주역의 판소리스타 '유태평양', 평창올림픽 폐막식 공식 소리꾼으로 판소리의 매력과 가능성을 세계에 알린 '김율희'의 콜라보레이션 공연으로 문을 열었다. 둘째 날은 피리, 생황, 양금과 서양악기와의 크로스오버 음악으로 영국 가디언지의 극찬을 받은 바 있는 '박지하'와 전통음악을 기반으로 새로운 음악을 만들어가는 '앙상블 시나위'의 공연이 있었고, 셋째 날은 다양한 전통의 소리를 재해석하여 새로운 국악의 장을 여는 국악계 아이돌 걸그룹 '소름[soul:音]'과 파격적인 감각으로 국악계 스타일리스트라고 불리며 경기민요와 재즈를 노래하는 '이희문과 프렐류드'가 출연하였다. 이로써 월드뮤직 트렌드를 반영한 새로운 시도의 음악을 통해 대중들이 공감하고 즐길 수 있는 국악을 선사하고 시대와 소통하는 음악 축제가 되었다. 게다가 노원구에 기반을 둔 다양한 전통예술 단체들이 모두 참여하여 그 의미를 더욱 돋보이게 한 축제가 완성되었다.

　이번 축제의 성과는 무엇보다도 한국 음악에 뿌리를 두고 세계와 소통하는 주목 받는 젊은 국악 뮤지션들이 동서양을 넘나드는 다양하고도 실험적인 시도를 통해 국악의 영역을 확장하였으며 국악 대중화의 가능성을 보여주었다는 데 있다. 특히 판소리 소리꾼 김율희와 유태평양, 그리고 경기소리꾼 이희문의 실험적 시도가 돋보였다. 월드뮤직으로 주목받는 차세대 소리꾼 김율희와 국립창극단 주역의 판소리 스타 유태평양은 듀엣으로 레게밴드 '노선택과 소울소스'와 무대를 꾸몄으며, '국악계의 스타일리스트이자 파격의 아이콘'으로 불리는 이희문은 재즈밴드 프렐류드와의 콜라보레이션 무대로 판소리와 민요를 대중적이고 핫한 감각으로 풀어내어 관객들의 뜨거운 반응을 한몸에 받았다. 대단원의 피날레를 장식한 이희문과 재즈밴드 프렐류드의 공연이 끝나자 경기소리꾼 이희문과 기념사진을 찍기 위해 극장로비에서 한 시간 이상을 기다리며 끝도 없이 길게 늘어선 가족 단위 관객들의 모습을 바라보며 국악 대중화의 가능성을 다시 한 번 확인할 수 있었다.

　'서울젊은국악축제'는 앞으로도 젊은 국악인들의 실험적 무대를 통해 국악의 현대화에 앞장서, 국악의 대중화와 전통 국악의 미래를 열기 위해 부단히 노력할 것이다.

그럼에도 불구하고 '서울젊은국악축제'는 간다

　'제9회 서울젊은국악축제'가 끝났다. '서울젊은국악축제'는 우리국악의 사회적 가치를 인식시키고 국악의 저변을 확대하고자 마련된 축제이다. 또한 국악의 청년정신을 살리고 미래에 도전하는 젊은 국악인들이 우리 음악의 사회적 기틀을 마련하고 새로운 문화, 새로운 국악을 창조적으로 펼치기 위해 노원문화예술회관이 주도적으로 추진하여 2008년에 시작되었다.

　현재 우리나라에서 펼쳐지고 있는 대표적인 국악축제로 국립극장에서 주관하는 '여우락'과 국악방송이 주관하는 '21세기 한국음악프로젝트', 북촌창우극장이 주관하는 '북촌우리음악축제'가 있다. 이러한 모든 축제들의 첫 마중물 역할을 한 것은 노원문화예술회관이 주관하고 있는 '서울젊은국악축제'다. 지난해 마포문화재단이 제1회 마포국악페스티벌을 시작하여 올해로 2회를 맞이했으니 반가운 소식이 아닐 수 없다.

왜 이러한 축제가 필요할까? 일반적으로 국악이라는 장르에는 과거의 음악이라는 편견이 굳건하게 따라다니는 것이 현실이다. 물론 국악은 과거의 음악이기도 하지만, 많은 창작 국악 작품들이 쏟아져 나오고 있기에 현 시대의 음악이기도 하다. 매년 젊은 국악인들이 대학교육을 받고 사회로 나와 국악의 현대화를 위하여 많은 창작 작품들을 내놓고 있으나 이들의 작품이 무대에 오를 기회는 적다. 국악이 대중들의 마음속에 현대의 음악으로 자리잡기 위해서는 대중들과 만날 수 있는 많은 기회와 많은 무대가 필요하다. 그래서 국악축제는 필요하다.

'서울젊은국악축제'는 노원구에 국한된 축제가 아니다. '서울'이라는 타이틀을 단 것은 비록 노원문화예술회관이 주관을 하고 있지만 서울전역을 대상으로 하는 축제라는 것이다. 한때는 2억원에 달하는 서울문화재단의 후원에 노원문화예술회관의 자체부담금을 합하여 3억원 규모의 큰 축제로서 노원문화예술회관과 '노원 문화의 거리'뿐만 아니라 서울전역의 문예회관 및 청계광장, 인사동 야외무대 등에서 펼쳐졌던 서울시의 대표 국악축제였다. 지금은 애석하게도 서울문화재단의 후원이 끊겨져 노원문화예술회관의 자체 예산으로 노원구에 국한하여 펼쳐지고 있다.

2012년에 서울문화재단의 예산이 중단되었는데 그 충격은 이만저만이 아니었다. 자체 예산만으로 서울 전역을 대상으로 하는 '서울젊은국악축제'를 꾸려나간다는 것은 불가능한 일이었다. 이 축제를 주관하던 나로서는 그냥 그만둘까 생각도 해보았는데 그럴 수가 없었다. 청년 국악인들의 얼굴과 그들의 신선한 공연에 열광하던 관객들의 얼굴이 눈앞에 어른거렸기 때문이다. 그래서 예산 지원이 중단되었음에도 불구하고 2012년도와 2013년도에도 고집스럽게 '서울젊은국악축제'를 강행했다. 그러던 것이 내가 노원을 떠나 있던 기간에 중단되었다가 노원으로 되돌아온 2017년도에 다시 부활하였다. 서울젊은국악축제가 2008년도에 시작되었는데 정상적이라면 올해가 12회가 되었어야 맞는데 9회라는 것은 3년간의 공백기가 있었다는 것이다. 올해 '서울젊은국악축제'의 예산규모는 8천만원이다. 국악이 대중성이 높은 장르가 아니어서 지역 문예회관으로서 8천만원의 예산을 확보하는 것이 쉬운 일이 아니다. 그러나 축제의 명맥을 꼭 이어나가겠다는 의지가 반영된 축제이다.

올해 9회를 맞는 '2019 서울젊은국악축제'는 초심의 의미와 가치를 지키기 위해 젊은 국악 연주자들로 구성된 '젊은국악축제 프로젝트그룹'이 축제의 연주단으로 활약하며 타 장르와의 융합으로 크로스오버 국악의 맛을 선보였다. 뿐만 아니라, 축제에 참여하는 국악인들과 함께 축제 주제곡을 발표하는 등 새로운 프로젝트를 진행하였다. 또한 다양한 시도와 타 장르의 결합으로 기존 국악의 틀을 깨는 소리꾼 유태평양, 김준수림 등 실력파 아티스트들을 한 자리에서 만날 수 있게 하였다. 또한 노원에 기반을 둔 전통 예술단체들이 축제에 참여하여 구민들과 함께 하는 전통 길놀이를 선보이는 등 예술가들과 구민이 함께 어울려 즐길 수 있는 기회를 확대하였다.

'서울젊은국악축제'는 국악의 저변 확대를 위하여 젊은 예술인들이 펼치는 공존의 장이다. 우리의 문화적 정체성이 깃들어 있는 우리 국악을 더 이상 과거의 음악이 아닌, 현 시대를 살아가고 있는 우리의 삶과 소통하며 언제나 대중들과 함께 하는 음악으로 발전시키고자 '서울젊은국악축제'는 앞으로도 계속될 것이다.

민속예술 차세대 전승 해법은 무엇일까

지금으로부터 100여 년 전 일제는 우리나라의 국권을 강탈한 후 반만년의 유구한 역사와 찬란한 문화를 가진 우리의 전통문화를 말살하려는 정책을 치밀하고도 전방위적으로 강력하게 밀어붙여 그 발전을 단절시켰다. 일제에 의한 우리 전통문화의 단절은 너무나도 큰 아픔이었고 후유증은 지금도 지속되고 있다.

1945년 우리나라는 일제로부터 해방이 되어 국권을 찾았으나 기쁨도 잠시였고, 1950년 민족상잔의 비극인 6·25 전쟁으로 말미암아 6백만 명 이상의 민간인과 군인들이 목숨을 잃었다. 그뿐만 아니라 천만 명 이상의 이산가족이 생기고 전 국토가 파괴되었다. 더불어 우리의 미풍양속이 훼손되고 전통문화의 회복은 요원한 듯 보였다.

6·25 전쟁이 끝나자 다행스럽게도 우리 민족의 문화 정체성이 담겨 있는 민속 문화의 전통을 계승하고 이를 적극 발굴하고 육성해야 한다는 여론이 형성되기 시작하였다. 그러한 시대적 요청에 힘입어 지금까지 민속예술의 발전을 견인해 온 두 개의 축이 있다.

하나는 전통문화예술의 안정적 전승기반을 구축하기 위한 제도적 장치를 갖추기 위하여 1962년에 제정된 문화재보호법에 의한 무형문화재 지정제도이고, 또 하나는 1958년에 '전국민속예술경연대회'라는 경연대회로 시작되어 지금은 경연과 축제가 함께 이루어지고 있는 '한국민속예술축제'이다.

'한국민속예술축제'는 우리의 민속예술을 발굴·보존·전승하기 위하여 각 시·도의 농악, 가면극, 민속놀이, 민속무용, 민요, 민속의례 등의 전승자들이 참여하여 경연과 축제를 펼치는 한마당이다. '한국민속예술축제'를 통하여 약 250종목의 민속예술이 발굴·재현되었으며, 그중에서 34종목은 국가무형문화재로, 20종목은 시·도무형문화재로 지정되었다. 그럼으로써 '한국민속예술축제'는 사라져가는 민족 고유의 민속예술을 발굴, 보존, 전승함으로써 민족문화의 발전에 기여한 공로가 크다. 또한 전국의 대표적인 민속을 한자리에서 볼 수 있는 장을 제공하였으며, 지역민의 공동체 의식을 강화하고 자긍심을 고양시킨 공이 있다. 반면에 경연의 지나친 과열로 전승 민속의 본래 모습을 왜곡, 변형하여 가짜 민속을 양산하였다는 비판이 꾸준히 제기되어 왔고, 수상을 위한 지나친 경쟁의식으로 말미암아 진정한 의미의 축제가 되지 못했다는 비판도 적지 않았다.

　다양한 장르의 민속예술 발표회가 펼쳐지는 민속예술 단체들의 전승발표회나, '한국민속예술축제', 혹은 지역 축제의 현장을 찾아가 보면 전승자들의 연령층이 대부분 청장년보다는 노년층에 집중되어 있는 것을 볼 수 있다. 민속예술은 특정 연령층의 전유물이 아니라 모든 세대들의 예술이기 때문에 전승자들의 연령층이 고루 분포되어 있어야 한다. 특히 청장년층이 중심축이 되고, 차세대에 해당되는 초, 중등학교 재학 전승자들과 대학생들이 든든히 받쳐주어야 하는데 현실은 그렇지 못하다. 민속예술 행사에 노년층이 대부분인 것은 건강한 전승에 적신호가 아닐 수 없다.

　몇 달 전 모 언론사에서 이런 보도가 나왔다. 국가무형문화재 제132호로 지정된 '해녀'의 인기가 급부상했다는 것이다. 즉 해양스포츠를 즐기는 젊은 여성들이 많아지면서 제주의 해녀학교들은 10대 1의 입학 경쟁률을 보일 정도고, 이에 따라 재미와 보람을 위해 해녀자격증을 따려는 젊은이들이 누가 시키지 않아도 자발적으로 무형문화재를 지키고 있다는 것이다. 이 보도는 우리 민속예술의 경우에도 똑같이 시사하는 바가 크다. 왜냐하면 민속예술의 현장에도 좀처럼 젊은이들의 모습을 찾기가 어렵기 때문이다. 그렇기 때문에 차세대들이 민속예술의 전승자로 유입될 수 있는 방안은 없는지, 어떻게 전승의 활성화를 꾀하게 할 수 있는지 고민해 보아야 한다.

무엇보다도 그간 학교에서의 민속예술 교육이 단순한 기예교육 중심으로 이루어져 온 탓에, 민속예술이 어렵고 낯설고 옛날의 것이라는 편견을 낳게 되었다. 그렇기 때문에 앞으로는 놀이와 감상, 그리고 체험으로 이루어진 '재미있는' 교육을 지향할 필요가 있다. 또한 전통문화의 큰 그림에서 차세대들이 민속예술을 익히고 우리의 것을 알 수 있는 교육으로 나아가야 한다. 이런 교육을 받고 사회에 나간 차세대들이 민속예술의 향유층이 되는 것이다. 이렇게 해야 민속예술 향유의 기반이 단단히 구축되고, 그 기반 위에서 차세대 전승의 환경이 만들어질 수 있을 것이다.

국악의 공연시장 경쟁력은 어느 정도일까?

얼마 전 문화체육관광부는 '2017 공연예술 실태조사 보고서(2016년 기준)'를 발표하였다. 실태조사보고서에 의하면 전국의 공연 시설은 총 992개이며 공연장은 1,268개로서 11,394명의 종사자가 일하고 있는 것으로 조사되었다. 그중 중앙정부가 운영하고 있는 공연시설이 11개, 지자체가 운영하고 있는 문예회관의 공연시설이 238개, 기타(공공) 공연시설이 223개, 대학로의 공연시설이 123개, 기타(민간) 공연시설이 397개에 달하고 있다.

전국의 공연단체는 얼마나 될까? 조사된 자료에 의하면 국립단체가 14개, 공립(광역)단체가 66개, 공립(기초)단체가 262개, 민간공연단체가 1,838개, 민간기획사가 184개 단체이다. 이 조그마한 나라에

992개의 공연시설과 2,364개의 공연단체와 총 62,589명의 공연 종사자가 어우러져 공연시장을 이루면서 치열한 생존경쟁의 싸움을 벌이고 있는 것이다.

공연시설별로 연간 관객 수와 유료관객 점유율을 살펴보았다. 중앙정부의 공연시설에 2,188,733명의 관객에 유료관객 57.4%, 문예회관에 9,572,019명의 관객에 유료관객 34.0%, 기타(공공) 공연시설에 2,897,278명의 관객에 유료관객 38.5%, 대학로 공연시설에 관객 4,442,545명의 관객에 유료관객 54.8%, 기타(민간) 공연시설에 11,536,874명의 관객에 유료관객 49.9%로서 대체로 전국 공연시설의 유료관객 점유율이 30% 대에서 50% 대 사이에 머무르고 있어 유료관객 객석 점유율이 저조하다는 것을 알 수 있다.

공연예술 실태조사에 의하면 우리나라의 공연시장 총매출액은 약 7,480억 원인 것으로 추정된다. 이는 공연시설(3,435억 원, 전년 대비 11.4% 감소)과 공연단체(4,045억 원, 전년 대비 2.7% 증가)의 연간 매출액을 합한 금액으로서 2015년 7,815억 원에 비하여 4.3%, 2014년 7,593억 원과 비교하면 1.5% 감소한 수치이다. 이렇게 감소하게 된 데에는 총선('16년 4월), 사드 배치에 따른 중국의 한한령('16년 하반기~), 청탁금지법 시행('16년 9월), 국정농단 사태 및 촛불집회('16년 10월~) 등 경제적 불황과 정치·사회적 상황이 공연시장에 종합적으로 영향을 미쳤기 때문인 것으로 분석되며, 성장 정체기에 들어선 공연산업의 현실이 반영된 것으로 보인다.

총매출액 7,480억 원 중 티켓 판매 수입은 3,650억 원(0.5% 증가)으로서 전체 수입의 48.8%에 이른다. 그 밖에 공연단체의 작품 판매 수입 및 공연 출연료 1,089억 원(2.5% 감소), 공연장 대관 수입 1,044억 원(3.5% 감소), 공연 외 사업 수입(전시 및 교육사업 등)은 1,029억 원(13.0% 감소), 기타 공연사업 수입(공연 관련 머천다이징 등 판매)은 344억 원(12.0% 감소), 기타 수입(주차 및 임대수입 등)은 324억 원(21.0% 감소)으로 조사되었다. 티켓 판매 수입에만 의지할 수는 없고, 공연에 기반을 둔 캐릭터 상품 개발 등 수입원의 다변화를 모색해야 함을 알 수 있다.

이처럼 치열한 공연시장 환경 속에서 내가 속해 있는 국악이 얼마나한 경쟁력을 갖고 있는지 알아보고 싶어졌다. 국악이 전통예술이라는 특성을 갖고 있어 자생력이 강할 수 없다는 것을 알고 있기에 크게 기대하지는 않았다. 그래도 전통공연예술(국악)에 대한 사회적 인식이 많이 좋아졌다고 믿고 있었기 때문에 약간의 기대를 갖고 살펴보았다.

장르별 티켓 판매액 규모를 살펴보았다. 뮤지컬이 1,916억 원 (52.5%)으로 압도적으로 단연 선두이다. 그에 이어 연극이 774억 원 (21.2%), 양악이 319억 원(8.7%), 대중음악을 포함한 기타 장르가 223억(6.1%), 복합장르가 118억 원(3.2%), 국악이 81억 원(2.2%), 발레가 78억 원(2.1%), 오페라가 71억 원(2.0%), 무용이 69억 원(1.9%) 순으로 나타났다. '역시나'였다. 국악의 티켓 판매수입은 전체 티켓 판매수입의 불과 2.2%라는 초라한 실적을 보인 것이다. 공연시설 별 전체 판매시설 수입의 3.5%이고, 공연단체 별 전체 판매수입의 1.5%에 불과하였다.

이처럼 초라한 현실은 어제오늘의 이야기가 아니다. 대책은 무엇일까? 유료관람 공연 결정시 관객은 어떠한 요인을 우선적으로 고려할까? 아마 출연진(배우), 제작진(연출, 감독 등), 내용, 티켓 가격, 공연장의 접근성, 공연장의 인지도, 수상 경력, 프로모션 여부 등일 것이다. 여러분들은 어떠한 요인을 고려하여 표를 사겠는가? 설문조사를 해보면 '내용'과 '출연진'이 선택의 주요 고려 요인이라는 것을 알 수 있다. 국악 공연도 언제까지나 과거의 형태를 고집할 수는 없다. 당연히 관객의 니즈에 부응하여 진화해야 한다. 그것이 경쟁력이다.

【공연 장르별 티켓 판매수입】

구분	전체 티켓 판매액 (백만 원)		공연시설 (백만 원)		공연단체 (백만 원)	
		비중(%)		비중(%)		비중(%)
뮤지컬	191,624	52.5%	46,483	36.5%	145,141	61.1%
연극	77,381	21.2%	34,356	27.0%	43,025	18.1%
양악	31,937	8.7%	11,239	8.8%	20,698	8.7%
복합	11,814	3.2%	8,571	6.7%	3,243	1.4%
국악	8,108	2.2%	4,502	3.5%	3,606	1.5%
발레	7,818	2.1%	2,173	1.7%	5,645	2.4%
오페라	7,148	2.0%	3,186	2.5%	3,962	1.7%
무용	6,906	1.9%	1,552	1.2%	5,354	2.3%
기타 (대중음악 포함)	22,277	6.1%	15,312	12.0%	6,965	2.9%
합 계	365,014	100.0%	127,374	100.0%	237,640	100.0%

【전체 티켓 판매수입 중 장르별 비중】

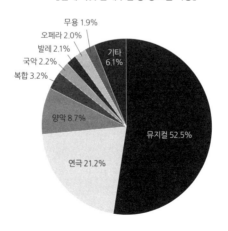

무용 1.9%
오페라 2.0%
발레 2.1%
국악 2.2%
복합 3.2%
기타 6.1%
양악 8.7%
뮤지컬 52.5%
연극 21.2%

*출처: 「2017 공연예술 실태조사 보고서(2016년 기준)」, 문화체육관광부

새 정부 전통예술정책의 청사진

2018년 5월 16일 정부 '새 문화정책단'이 문화정책의 근간이 될 '문화비전 2030'을 발표했다. 정권이 출범한지 만 1년 만에 완성된 정책이다. 아울러, 새 예술정책 수립 전담팀(TF)이 만든 새 예술정책 '사람이 있는 문화, 예술이 있는 삶'(이하 새 예술정책)도 함께 발표했다.

'문화비전 2030' 발표에 앞서 도종환 문체부 장관은 전 정권에서 자행된 블랙리스트 사태에 대하여 사과하고 문화예술계 블랙리스트 진상조사 및 제도개선위원회에서 권고한 제도 개선안을 이행할 수 있도록 최선을 다하겠다고 약속하면서 그와 같은 사태가 재발하지 않도록 철저한 제도적 장치를 마련해 나갈 것이라고 천명하였다.

이번에 발표한 '문화비전 2030'은 자율성, 다양성, 창의성을 3대 가치로 삼고 개인의 자율성 보장, 공동체의 다양성 실현, 사회의 창의성 확산을 3대 방향으로 정하였다. 그리고 개인의 문화권리 확대, 문화예술인·종사자의 지위와 권리 보장, 성평등 문화실현, 문화다양성의 보호와 확산, 공정하고 다양한 문화생태계 조성, 지역문화 분권 실현, 문화자원의 융합역량 강화, 미래와 평화를 위한 문화협력 확대, 문화를 통한 창의적 사회혁신을 9대 의제로 설정하였다.

'문화비전 2030' 안에 담겨진 전통문화 정책에 대해서 살펴보았다. 전통문화에 대해서는 9대 의제 중 4번째 의제인 '문화다양성의 보호와 확산' 영역 안에 '전통문화의 보호 및 현대화' 라는 세 번째 대표 과제로 간단히 언급되어 있었다. 전통문화의 보호 및 현대화를 위하여 전통문화 정책의 안정성 확보 및 체계적 추진, 지역 전통문화 현황 조사, 발굴 및 활용, 그리고 전통문화·공연 향유 프로그램을 확대하고 현장·지역 중심 지속가능한 문화재 보존 및 전승을 해나가겠다는 것이다.

전통예술계에 속한 사람으로서는 전통문화의 발전에 대하여 간단하게 언급한 '문화비전 2030'보다, 좀 더 구체적인 내용이 담겨 있는 '새 예술정책'이 관심을 끌었다. '새 예술정책'은 예술인과 국민이 중심이 되며, 예술의 가치가 존중받고 예술로 풍요로운 삶을 누릴 수 있도록 '사람이 있는 문화, 예술이 있는 삶'을 정책의 비전으로 설정하고, '문화비전 2030'의 3대 가치인 자율성·다양성·창의성에 기초하여 예술 분야의 특성과 가치에 맞고, 한국적 상황에 맞는 맞춤형 예술정책을 설계하였으며 8대 핵심과제와 23개 추진과제를 마련하였다고 했다.

'새 예술정책' 속에는 '문화비전 2030' 보다는 좀 더 구체적이고 진일보한 전통예술발전을 위한 내용들이 담겨 있다. 전통공연예술의 발전과 경력단계별 맞춤형 지원 및 인력양성을 위하여 전통예술 고교 전공생들의 균형성장, 신진국악실험무대를 통하여 실패해도 도전할 수 있는 기회와 진입경로를 제공하겠다고 하였다. 또한 중견과 신진에게는 국내외 인지도 제고 및 충분한 작품발표 기회를 제공하겠으며 원로들에게는 경력·경험의 지역사회 환원 기회 및 아카이빙 등을 지원하겠다는 것이다. 또한 전통·공연예술계의 전공자·실연자들에게 기획·제작자 등으로의 성장 기회를 제공하고 문화산업·IT기술 활용 등 융합형 인재를 양성하겠다는 것이다. 그리고 '전통예술 기획자 양성' 교육을 강화하고, 해외 성공사례 연수를 지원하고 해외 유관기관, 단체를 대상으로 인턴십을 운영하겠다고 했다.

또한 전통공연예술을 소재로 한 지역, 마을 공동체의 마을잔치, 민속잔치 등을 활성화하고 전통예술 대중화 및 친밀성 제고를 위하여 전통공연예술 동호인 대회, 전통문화예술 TV 방송매체를 설립하겠다는 것이다. 그리고 전통예술 아카이브 연계를 위하여 국립국악원, 문화재청, 국립극장, 문화예술위원회 등 전통예술 유관 기관별로 구축된 자료의 체계화 및 연계를 위한 온라인 플랫폼을 구축하겠다는 것이다. 예술분야 R&D 지원을 위해 국악기 개량 및 국악음향 연구개발을 지원하고 남북예술교류를 위하여 한민족 아리랑 대축제 및 한국민속예술축제 60주년 행사를 공동 개최하며, 전통공연예술의 남북 공동연구, 자료수집 및 보전 등 교류 협력을 추진하겠다는 것이다.

　2017년에 구성된 '새 문화정책 준비단'과 '새 예술정책 수립 전담팀(TF)'이 기초 정책안을 발표하였을 때만 하더라도, 전통문화의 창달을 위한 정책안이 빈약하여 헌법에 명시된 '전통문화의 창달'이라는 국가의 책무를 외면하는 것이 아닌가 하는 비판도 있어다. 그렇지만 그간 현장토론회, 포럼, 지역인 집담회, 지역 순회 토론회, 분야별·장르별·지역별 토론회·간담회 등 소통과 공론의 장을 거쳐 전통문화의 창달 정책이 대폭 보완된 오늘의 최종안이 만들어진 것으로 안다. 정책수립에 관여한 전문가들과, 소통과 공론의 장에서 기탄없는 제

안을 해준 국악동호인 및 문화계 관계자분들의 노고에 심심한 경의와

감사의 인사를 드린다.